OHSAMA BUNKO

大人もぞっとする

初版『グリム童話』

由良弥生

三笠書房

まえがき――まだ知らないあなたへ…「メルヘン」の裏にある残酷、狂気の世界

「あるところに、美しいお姫様がいました……」

こうして始まる童話は、子守歌の代わりに母親が優しく語ってくれた、または幼稚園で大好きな先生が話してくれた記憶と一緒に、なにか甘やかな懐かしさを甦《よみがえ》らせてくれます。

お城では夜ごと華麗な舞踏会が開かれ、邪悪な魔法使いの呪いは王子様とお姫様のキスで解け、意地悪な継母《ままはは》は最後には裁きを受けて罰せられる――。

童話の世界は、このように、現実にそぐわない、夢にくるまれた世界として語られ、おとぎ話というと、誰もが夢のような話だと受け取ります。しかし、実際には、この夢のように見える物語には、ずっと隠されてきた、残酷、性愛、狂気、不道徳の世界があるのです。

『グリム童話』は世界中で翻訳され、読まれていますが、昔から子ども向けだったわけではありません。子どもに読ませるものとして幾度も内容に手が加えられ、その結

果、本当の世界が見えなくなってしまいました。

なぜ、そういうことが起きたのでしょう。

グリム兄弟は、十八世紀後半、ドイツに生まれ、ともに民間伝承と言語学の研究者でした。研究の過程で「語り部（民話や伝説を語り伝える伝承者）」の女性たちに取材したり、さまざまな文献に当たったりしながら、膨大なドイツの民話、伝説を収集しました。それを元にしてでき上がったのが、初版『グリム童話』です。

初版当時の『グリム童話』では、特に子ども向けということを意識しない、その土地や秩序に根ざして生きてきた人々の、生々しい現実やアクの強い知恵などが語られていました。もちろん、生きていく上での糧《かて》となる内容も多かったのですが、一方で、人権を無視した仕打ちや残酷な刑罰、そして今とは違うモラルがまかり通っていた時代のあけっぴろげな男女の性愛も語られていました。

民話や伝説の継承は、本来、知恵や真実の継承です。大人どうしが洗濯場や紡《つむ》ぎ小屋などで語り興じる内容に、子どもへの配慮がなかったのは当然でしょう。

なるべく原典に忠実であることを心がけた学者肌のグリム兄弟は、この民話集を子どもたちに読ませる段になって、親や批評家から散々な批判を浴びてしまいます。

これから寝かしつけようという子どもに、男女の性愛や近親相姦、あるいは手足を切断する話などできない、というわけです。そこでグリム兄弟は、『グリム童話』が版を重ねるごとに手を入れ、内容を子ども向けに変更せざるを得ませんでした。そのため、現在読まれている『グリム童話』は、登場人物の息づかいが伝わってくるような生々しさが薄められ、子ども向けの夢のようなお行儀のよい内容に変貌したのです。

本書では、『グリム童話』の初版本を元に、人々の信仰や自然の厳しさ、虚偽やまやかしを含めたすべてを暴き出し、登場人物が生活していたであろう時代を掘り下げ、大胆に再現することを試みました。当然、ここには、子どもへの配慮などは一切ありません。中世の人々の息づかいとともに、残酷、性愛、狂気、戦慄《せんりつ》、それに知恵が伝われば幸いです。

また、それぞれの話の終わりにつけた解説で、中世から近世初期のヨーロッパの道徳観や当時の人々の考え方もご理解いただけると思います。そこでは、話の鍵はいったいどこにあるのか、ということにも触れていますので、作品と解説で、昔話を二倍楽しんでいただけるはずです。

由良弥生

illustration 高橋常政

I

ヘンゼルとグレーテル

Hänsel und Gretel

小暗い森のはずれに、一軒の貧しげな家があった。きこりを生業《なりわい》とする男が、妻と二人の子どもと住んでいた。子どもは、兄をヘンゼル、妹をグレーテルといった。

男は、毎日森へ分け入り、木を切り、薪《まき》となる枝を集めた。時には小さな木片を集め、それで細工物をつくったりもした。男は、森から得たそれらの品々を町へ運んで生計を立てていた。だが、どだい大した収入にはならない。毎日働きづめに働いても、食べるのがやっとで、生活は苦しかった。おっつかっつの暮らしだというのに、二人の子どもはまだ幼く、仕事の手伝いをさせることもできない。

妻は、そんな生活が不満だった。どうしてもっと稼ぎのある男のところへ嫁《とつ》がなかったんだろう、と自問する毎日だった。

妻の日常への不満は、時に子どもたちをはけ口として爆発した。

「さあ、いつまで寝てるんだい、このボンクラども！　さっさと起きて手伝いをしな」

だが、いくら子どもたちを叱りつけてみたところで、年端《としは》もいかない子どもたちにできることは限られていた。水汲《みずく》みでも薪拾いでも、満足にできるわけではない。妻の鬱積《うっせき》はたまるばかりだった。

それでも妻は、少しでも家計を助けるために、朝食がすむと、夫とともに森へ入った。

兄妹は、両親が森へ入ると、二人っきりで、夕暮れまで留守番をする。

近くに人家は一つもなく、人里離れた森のはずれの一軒家。二人にとって、遊び相手は互いの存在だけだった。

二人は実に仲のよい兄妹だった。兄は幼い妹の面倒を何くれとなく見てやり、妹は兄をただ一人、信頼できる相手として慕《した》っていた。

ヘンゼルは野原で花を摘《つ》み、グレーテルの髪を飾る花の冠をつくる。するとグレーテルは、花の冠をつけて、ませたポーズで、スカートの裾《すそ》をつまんで会釈《えしゃく》する。妹のそんな様子がいかにもかわいらしいので、王女様のようだ、と兄のヘンゼルは褒《ほ》めるのだった。

二人は、互いの存在さえあれば、それだけで満ち足りていた。両親が仕事に出かけてしまう長い一日は、二人にとって至福の時でもあった。口やかましい母親や気弱で無口な父親がいなくても、二人は楽しかった。

「ねぇ、グレーテル。二人だけで暮らせたらいいのにね。そうしたら、母さんに怒鳴られたり、手伝いをさせられたりしないもの」

「遅くまで起きてても怒られないし、ね」

二人は声をあげて笑った。

二人の夢物語は、いつもここで終わる。二人には生計を立てることも、料理をして食欲を満たすことも難しかった。ひもじい思いをしないためには、大人の手を借りるしかなかった。大人の言うことを聞いてさえいれば、飢えることはない。

ある年、その地方一帯を飢饉《ききん》が襲った。その余波は、ヘンゼルとグレーテルの一家にも襲いかかった。両親が町へいくら薪を売りに行っても、まったく売れなかった。人々は、明日のパンを手に入れるのに精いっぱいで、薪を買う余裕がなくなっていた。

たちまち、きこりの一家は金に窮した。

「母さん、夕食はこれだけ？」

ヘンゼルのとび色の瞳がクルクルと動いた。

ほんの一握りのカチカチのパン。申しわけ程度に野菜くずが浮いた薄いスープ。

「そうだよ。さっさと食べて寝ちまいな」

母親は、子どもたちをひとにらみすると、スープを呑《の》みはじめた。子どもたちもスプーンを手にとった。だが、とうてい満足できるような食事ではなかった。

「今日食べるものは、もう何もないんだからね。つまみ食いなんかするんじゃないよ」

子どもたちを寝室に追いやりながら忘れずに釘《くぎ》を刺し、母親は狭い台所を一瞥《いちべつ》した。まだ何日分かはパンがある。ひからびたニンジンとジャガイモも、ほんの少しある。だが、すぐに底をつくだろう。

ゾッとした。飢え死になんてまっぴらだと、母親は強く自分に言い聞かせていた。

◇恐ろしい深夜の密談

ヘンゼルとグレーテルは、狭いベッドに額をくっつけるようにしてもぐり込んだ。二人の体は冷えきっていたが、互いの体を寄せ合えば、温《ぬく》もりがあった。

「寒いね」

「でも、お兄ちゃんと一緒だから平気」

「うん、僕もだよ」

兄と妹は、いつしかウトウトと眠りに入った。

隣室は両親の寝室だった。

「ねぇ、あんたってば……」

妻の声が甘い。夫は妻をちらりと横目で見て、腕を伸ばした。

「ふふ……」

妻は夫に体をすり寄せる。夫の体温を感じて目を閉じる。だが、夫はすっと体を離した。

「……なによ、どうしたのさ」

「今夜はやめた。その気にならねぇ。だいいち、腹が減って仕方ない」

妻はなじるような視線を夫に投げた。だが、夫はじっと天井をにらんでいるだけだった。

妻は黙りこくっている夫に話しかけた。

「どうしたのさ」

夫は深いため息をついた。

「考えてもみろ。明日、俺たち夫婦が食うものもろくにないんだぜ。どうやって二人の子どもを養っていけるんだ。俺はもう、どうしていいのかわからねぇ」

妻は内心、夫に毒づいた。頼りにならない男。それでも、夜の生活だけは満足させてくれたものだったのに、それすら与えようとはしない。ひもじい。寒さが身にしみる。

夫は、またため息をつき、妻に背中を向けて、薄い布団にくるまった。

妻も夫も、飢えの恐ろしさを知っていた。明日のパンにこと欠くようになれば、心は荒《すさ》む。目は血走り、渇《かわ》きに唇はカサカサになる。やがて、道端には餓死した死人の山が築かれる。はじめは異臭に鼻を押さえ、顔をそむけて通り過ぎるが、すぐにも馴《な》れてしまう。そのうち、人々は、夜中に死体の山に分け入り、その肉をとり、貪《むさぼ》り食うようになるのだ……。

「ねぇ、あんた……。もう食べるものもないんだし、こうしたらどうだろう。子どもたちを森に連れて行って、置いてくるんだよ。そうすりゃ、食い扶持《ぶち》は減る。あたしたち二人ならどうにかなるよ」

夫はギョッとした。考えを見透かされたような気がした。

森へ捨てるなら、あとは子どもたちの運次第だ。運がよければ生きのびられる。自分たち夫婦が殺したり食べたりするわけじゃない。神様もお許しくださるかもしれない。

「……いや、だめだ。そんなかわいそうなこと、俺にはできねぇ。すぐに獣《けもの》に食われちまう」

「それじゃ、あんたがお宝を持ってきてくれるというの？　あんたもあたしも、このままじゃ飢え死にだよ。明日の朝早く、子どもたちを森の奥に連れて行くのさ。そこで火をおこしてやって、二人にパンを一つずつやって、そのままあたしたちは帰ってきちまうのさ。なにも子どもたちを殺そうというんじゃない。ただ、子どもたちはうちへ帰る道がわからないだろうから、どこかへ行ってしまうさ。厄介払いができるじゃないか」

夫は妻を凝視した。自分たちが飢え死にしないように、邪魔者は捨てよう、と妻は言っている。自分の腹を痛めた子どもたちだというのに。

森に捨てられた子どもたちが生きのびられるわけがない。殺すも同じだった。

「だめだだめだ。森の中に置いてきたりしたら、すぐに獣に食べられちまう。そんなこと、できやしない」

「バカだねぇ、おまえさん。心配したってきりがないさ。このままだったら、四人そろって飢え死にだよ。おまえさんは、そんなに棺桶《かんおけ》の板を削りたいのかい？」

そう言われると、夫は返す言葉がなかった。それでも、言い合いはしばらく続き、夫は、ついに妻の言う通りにすることを承知したのだった。

男は、自分の力だけでは家族すべてを養っていけない。だからといって、自分が生きのびるために子どもを犠牲にするということを、自分の口からは言えなかった。あくまでも、自分はよい父親でいたかった。

妻は、そんな夫の心に浮かんだ闇を、鋭く言い当てたにすぎなかった。

夫婦はやっと眠りに入った。

だが、夫婦の密談は子どもたちに聞かれていた。ヘンゼルとグレーテルは、一度は寝入ったものの、あまりにひもじくて起き出していたのだ。二人のやりとりを息を殺して聞いていた。両親の声がやみ、隣室に寝息が聞こえてくると、グレーテルは耐えられずに泣き出した。

「もうおしまいだわ。母さんは私たちを捨てようとしてるんだわ！」

「シッ！　静かに、グレーテル！」

ヘンゼルは泣き声をあげそうになった妹を急いでなだめた。

「大丈夫だ。なんとかするから。だから、泣くんじゃない」

ヘンゼルとて泣き出したい気持ちだった。親に捨てられるという現実は、幼い心に大きな衝撃を与えた。だが、兄は妹を前にして泣くわけにはいかなかった。

妹を守るのは自分だけだ。父さんは頼りにならない。鬼のような母さんにすっかり頭が上がらないんだ。なんとかして母さんを見返してやる。ヘンゼルは、そう自分に言い聞かせていた。

（そうだ！）

ヘンゼルはいいことを思いついた。

「グレーテル、ちょっと待っておいで。いいかい、泣くんじゃないよ」

そう言うと、ヘンゼルは、そっと足音を忍ばせて表へ出た。家の外には小さな砂利《じゃり》がたくさん転がっていた。月の光に照らされてキラキラ光っている。

ヘンゼルは上着のポケットに詰められるだけ小石を詰め込み、またそっと部屋へ戻った。

「もう大丈夫だ。心配ないよ、グレーテル。さ、もうおやすみ。明日は絶対大丈夫さ」

力強くうなずくヘンゼルの笑顔に、グレーテルもようやく心がなごんできた。二人はベッドにもぐり込むと、いつしか眠りに引き込まれていた。

◘森に置き去りにされた二人

翌朝。まだ日も昇らないうちに二人は叩き起こされた。

「さあ、とっとと起きな。ぐずぐずするんじゃないよ。今日は森へ薪を取りに行くよ」

母親は二人をベッドから追い出すと、めいめいに小さなパンを一つずつ渡した。

「さ、これはお昼の分だ。お昼になる前に食べちゃだめだよ。もう何もあげないよ」

そして、一家は森に入った。父親は子どもたちの目を避けるようにして先頭に立って森を進んだ。ヘンゼルは、道すがら、両親の目を盗んで、ポケットの中の小石を一つずつ落とした。

森の真ん中までやってきた。二人には初めて見る深い森だった。不気味な鳥の声が響く。兄妹は思わず身震いした。

「さ、火をおこしてやるからな。ここで待っているんだ。仕事がすんだら迎えにくるから」

父親は、たき火を手早くおこすと、逃げるように母親と姿を消してしまった。

しばらくすると、遠く近く木を切る斧《おの》の音が響いてきた。ヘンゼルとグレーテルは両親が山仕事をしているのだと安心し、火のそばにおとなしく座っていた。

どれくらいの時間が過ぎただろうか。やがて、木漏《こ》れ日から太陽が真上に昇ったのを知り、二人は与えられた小さなパンを食べ始めた。量の少ない昼食はすぐに終わった。まだ両親は戻ってこない。いつしか二人は斧の音を耳にしながら、まぶたが重くなるのをこらえきれず、眠りに引き込まれていった。

気がつくと、すっかり日は落ちていた。たき火は消え、冷えが二人の体を締めつけていた。

「やっぱり、私たち、捨てられたんだわ」

不安と恐怖にかられたのだろう。闇の森の中に取り残されたグレーテルは泣き出した。ヘンゼルも衝撃を隠せなかった。遠く、近く、木を切る音の響きに安心し、最後の最後にはきっと両親は迎えにきてくれる、そう信じていたからだ。

だが、ヘンゼルとグレーテルが耳にしたのは、木を切る斧の音ではなく、枯れ木に縛りつけられた太い枝が風にあおられて、あちこちにぶつかる音だった。父親が仕掛けをつくって子どもたちを騙《だま》したのだった。

二人は捨てられたのだ。それが現実だった。

「大丈夫だよ、グレーテル。月さえ出れば、僕たちは家に帰れるんだよ」

二人から少し離れたところに、キラキラ光る丸いものが転がっていた。

「ごらん。僕が道すがら小石を落としていただろう？　お月様が石をキラキラ光らせてくれるよ」

二人はゆっくり歩き出した。月光に輝く石をたどって、暗い森の道を歩いた。しっかり手を握り合って。

そして、ついに家にたどり着いた。へとへとになった二人が扉を開けた時、両親は、幽霊でも見たような顔で、しばらく何も言わなかった。最初に反応したのは母親だった。

「ねぼすけども、いつまで森にいるつもりだい！　もう帰ってくる気がないのかと思ったよ。さっさと入りな」

そう怒鳴りつけると、クルッと背を向けてしまった。父親は戸口の陰に立ったまま、子どもたちを盗み見ていた。

グレーテルは、母親の怒りになすすべもなく、べそをかいていた。だが、ヘンゼルの瞳は燃えるようだった。

「お、おまえたち、捨てられたとでも思ったんじゃないのか。さあ、早くベッドに行きなさい」

父親は、機嫌をとるかのように気弱そうに笑うと、二人の肩に手をかけた。

ヘンゼルは、その手を振りきるように、素早く妹の手をとって部屋へ向かった。

父親とは口をききたくなかった。

数日が過ぎた。貧しい食卓だったが、どこからか金が入ったのだろう、何日かは食料があった。だが、それもまた、すぐに乏しくなった。

すると、夫婦はまたしても子捨ての計画を練った。

「この前は失敗しちまったわ。でも、また食べ物がなくなってきたし、あたしゃ一家心中はいやだからね。今度は、もっと遠くの森まで行って捨ててこようよ」

妻は寝物語に夫をかきくどいた。

「もうやめよう。子どもたちを捨てるなんて、俺はもうこりごりだ。それぐらいなら、一緒に死んじまったほうがいい」

「何、バカなこと言ってるんだい。あんたに死ぬ度胸なんかあるものか。それにもう、一度あの子たちを捨てたんだよ。あのヘンゼルの目ったら、完全にあたしたちを恨んでるよ。グレーテルは何かというとメソメソするし。あたしはもうたくさんだよ」

夫婦の言い争いは続いた。だが、気弱な男が妻に逆らえるはずもなかった。翌朝、子どもたちを森に連れて行くことが決まった。

ヘンゼルとグレーテルは闇の中で、じっと二人の言い争いを聞いていた。

「やっぱり、な」

「どうしよう、お兄ちゃん」

「まかせときなよ」

ヘンゼルは、夜中にむっくり起き出すと、また小石を拾いに出ようとした。だが、できなかった。母親が、今夜に限って戸に錠前を下ろしていたのだ。しばらく錠前をはずそうとガチャガチャと試してみたが、どうやってはずしたらいいのかわからない。仕方なく、ヘンゼルはベッドに戻ってきた。

「小石は?」

「錠前が下りていて、表に出られないんだ」

それを聞くと、グレーテルは恐怖に縮み上がった。

「今度こそダメよ。私たち、帰ってこられないわ」

「大丈夫だよ。神様がきっと助けてくださるよ。なんとかなるよ」

そう言って、ヘンゼルは妹の小さな体を抱きしめ、髪を撫《な》でてやった。

泣き疲れたグレーテルは、いつしか寝息を立てていた。だが、ヘンゼルは、いつまでも闇の中で瞳を凝《こ》らしていた。

翌朝早く、また二人は母親に叩き起こされた。そして、この前よりももっと小さくて固くひからびたパンを一つずつ渡され、森へ連れ出された。

ヘンゼルは、森への途中、ポケットのパンを細かくちぎり、道に蒔《ま》いた。小石の代わりに道しるべにしようとしたのだ。

ヘンゼルは自分のパンを残らず道に蒔いた。

(頼むよ。なんとか役立ってくれよ)

ヘンゼルは祈りを込めてパンを落としていった。

ついに、一行は目的の場所にたどり着いた。それは、ひどく暗い、木が幾重にも重なり合った深い森だった。グレーテルは怯《おび》えてヘンゼルにしがみついた。

両親は、またしても火をおこし、子どもたちに待っているように言い含めて立ち去った。枝を結びつけて、木を切っているような音が聞こえる細工をすることも忘れなかった。

お昼になり、二人はグレーテルの小さなパンを分け合って食べた。そしてまた、二人は火の前に座り込んだ。そして、炎のゆらめきを見つめているうちに、ついウトウトと眠ってしまった。

◘甘くておいしい〝魔女の家〟

二人が目覚めたのは、夜もだいぶふけてからだった。火も消え、あたりは真っ暗だった。

ヘンゼルは恐怖を振り払うように強い声で言った。

「さあ、昼間、道に落としてきたパンを探しながら家に向かうんだ。大丈夫、きっと神様がついていてくださる」

だが、パンは、どこにも、ひとかけらも落ちてはいなかった。

「確かにこっちのはずなんだけど……」

ヘンゼルの声も、次第に弱々しいものに変わっていった。闇は、いっそう深く二人を包んだ。

ヘンゼルが落としたパンは、日中、森の小鳥たちが残らずついばんでしまったのだろう。二人は、ついに一片のパンも見つけることができなかった。

その時、ヘンゼルに底知れぬ恐怖がとりついた。絶望。恐れとおののき。妹を元気づけるすべもなく、ヘンゼルは、ただ幼い妹の手を握りしめて黙々と歩いた。闇を裂くのは、時折響く獣の叫び声だけだった。夜行獣の光る目が、そこかしこで二人を見つめていた。振り返れば、そこに狼《おおかみ》がいるかもしれない。ヘンゼルは恐怖に足を速めた。

二人は一晩中歩き続けた。粗末な靴は破れ、腕は枯れ枝に傷ついた。だが、二人は歩みを止めなかった。いや、止められなかった。歩みを止めた瞬間、何か恐ろしい化け物が背後から襲いかかってくるような、形にならない恐怖が二人を支配していたからだ。

夜明け。疲れきった二人は、木々の間を縫って草原に出た。そこで、初めて足を止めた。だが、そこは見たこともない場所だった。どうやら、広大な森の奥まった場所へとひたすら歩いてきてしまったらしい。

朝の光を浴び、かえって気力を削《そ》がれたのか、二人は座り込んでしまった。何も言わなかった。兄も、妹も、もう話す気力さえなかった。

昼ごろ、どこからともなく白い大きな鳥がやってきて近くの枝に止まり、ひとしきり美しい声で啼《な》いた。二人は空腹も忘れて聞きほれた。鳥は二人に気がついたようだった。しばらくジッと二人を見つめていたが、スーッと舞い上がり、ゆっくり頭上を舞った。そして、二人を導くかのように、悠然と飛び始めた。

ヘンゼルとグレーテルは、フラフラと立ち上がると、鳥のあとに従った。足は疲れきっていたが、まるで夢の中を歩いているように、鳥を見上げながら歩を進めた。

しばらく行くと、一軒の家が見えた。鳥は、その家の屋根にしばらくとまって羽ばたいていたが、二人が家に近づくのを見ると、サッとどこかへ飛んで行ってしまった。

「家だ。助かったぞ」

ヘンゼルは、グレーテルの手を引き、足早に近寄った。

近寄ってよく見ると、その家はまるごとパンでできている。屋根はケーキで葺《ふ》かれており、窓は白砂糖だった。

「グレーテル、ごらん。この家、パンとお菓子でできてるよ！」

「本当だわ！　なんておいしそうなの」

ヘンゼルは、すぐに屋根に上り、ケーキを頬張《ほおば》った。甘い香りが口いっぱいに広がった。グレーテルも窓に手を伸ばし、白砂糖を舐《な》めた。

（こんなおいしいもの、食べたことがない！）

一度食べ出すと、もうやめられなかった。二人はケーキと砂糖に埋もれるようにして貪《むさぼ》り食べた。

その時、家の中から嗄《しゃが》れた声が聞こえてきた。

「誰だい、わしの家をボリボリかじるのは？」

一瞬、二人はその声に驚き、目を見張った。だが、飢えきった二人は食べることをやめられない。

「風だよ、風だよ。天の子だよ」

二人はそう言って、そのままムシャムシャと家を食べ続けた。

　すると、いきなり戸口が開き、まるで化石のように年をとった、みすぼらしい老婆が現れた。二人は驚愕《きょうがく》し、せっかくのご馳走《ちそう》を落としてしまった。

「おやまあ、かわいい子どもたちじゃないか。お入り、お入り。わしがご馳走してやろう。いったい誰が、おまえたちをこんなところに連れてきたんだい。さ、遠慮はいらないからね」

　老婆はいかにも善良そうな様子だった。ヘンゼルとグレーテルはホッとして、老婆に言われるままに家に入った。

　老婆は、二人を家に入れると、すぐに食べ物を用意した。牛乳、砂糖のかかった玉子焼きの菓子、リンゴ、クルミ……。二人の目が輝いた。

「そうかい、親に捨てられたのかい。でも、食べられちまうよりはずっとましだよ。もっと飢饉《ききん》のひどいところでは、子どもを食っちまう親もいるそうだよ」

　老婆は、夢中になって食べる子どもたちを、楽しげに見つめていた。

　食事が終わると、老婆は二人をかわいらしいベッドに連れていった。真っ白なシーツがいかにも気持ちよさそうだった。二人はまるで天国みたいだ、と思いながら、ベッドにもぐり込み、すぐに寝息を立てはじめた。

老婆は、二人の眠る姿をしばらく見ていたが、やがて、隣室へ戻ってほくそ笑んだ。

「ふぉっふぉっふぉっ。ご馳走が二つも飛び込んできおったわい」

善良そうな仮面は、すでになかった。その横顔は、まぎれもない魔女のものだった。

パンの家は、子どもたちを誘い込む罠《わな》だった。老婆は子どもを食うのを無上の喜びとする人食いだった。子どもがパンの家に迷い込むと、殺してグツグツ煮て、ムシャムシャ食べるのだった。子どもが手に入るのは、ごくまれだ。うまい具合に食べごろの子どもを捕まえた日は、魔女にとってはお祭りのようなものだった。それも、二人同時に。

「もうこっちのものだ。逃がしゃしないよ」

翌朝、まだ子どもたちがぐっすり眠っているうちに、魔女は起き出した。スヤスヤと眠るヘンゼルとグレーテル。魔女は、まずヘンゼルに目をつけた。

「うまそうだわい」

魔女は、ヘンゼルをベッドから引きずり出し、小さな家畜小屋に放り込んだ。格子戸をたてきって逃げ出せないようにした。まどろんでいたヘンゼルは、自分がほとんど身動きできないような狭くて真っ暗な家畜小屋に閉じ込められているのを知り、狂ったように格子戸を叩いた。

「出して！　出して！」

どんなに泣き叫んでも、格子戸はびくともしなかった。涙がヘンゼルの頬《ほお》を伝った。

魔女は、次にグレーテルを叩き起こした。

「いつまで寝てるんだい、横着者め！　さっさと起きて、水を汲んで、火をおこすんだよ」

昨日とは打って変わった老婆の様子に、グレーテルは、とっさに反応できなかった。

(夢でも見ているのかしら？)

だが、次に来たのは、頬への激しい平手打ちだった。

「さっさと食事をつくるんだよ！　あんたの兄さんは、太らせて食べることにしたからね。あんたがたくさんご馳走をつくって、兄さんにせっせと食べさせるんだ」

「ええっ！」

グレーテルはベッドから飛び降りて老婆にすがりついた。

「お兄ちゃんは？　お兄ちゃんはどこ？」

「兄さんは外の家畜小屋だよ。おっと、逃がそうたってだめさ。格子戸で閉めきっちまったからね。さあ、とっとと働くんだよ」

　そう言うと、魔女はグレーテルの背中を荒々しく突き飛ばして台所に連れ込むと、水桶《みずおけ》を押しつけた。

「お兄ちゃんを食べる？　食べるって……いったい、どういうこと？」

　魔女は鼻先で憎々しげに笑った。

「頭の悪い子だね。食べると言ったら、その通りさ。まず、たっぷりご馳走を食べさせて、思いっきり太らせる。それから、脂がのったところで、料理して食べるのさ」

　舌なめずりせんばかりだった。

「うそ！　人を、人を食べるなんて」

「ふふふ……人間ほどうまいものはないのさ」

「悪魔！」

「ふぉっふぉっふぉっ。こんなことは、昔は誰でもやってたのさ。特に飢饉の時にはね。おまえらが生まれる前にも、この国では大きな飢饉があった。飢えた大人たちは、自分らの子どもを交換し合って、夜中にこっそり煮て食べたものさ。そのおかげで、この国は滅びずにすんだんだ……。わしだけが人の肉を食っているわけじゃないのさ」

グレーテルの顔は、みるみるうちに蒼白《そうはく》になった。

「それじゃ、父さんや母さんもそんなことを……」

「さあね。あんたの親が人肉を食ったかどうかなんて、わしゃ知らないよ。だけど、飢え死にするくらいなら……って考えるのが人情ってもんさ」

「うそ、うそよ！　神様がお許しにならないわ」

「ふん。神様なんざ、あてにならないのさ。いいかい、おまえ一人で逃げようなんて気を起こすんじゃないよ。そんなことをしたら、兄さんは、すぐに殺して食べる。それも、うんと苦しんで死ぬようにしてね」

◇家畜のような生活

その日から、グレーテルの苦しい毎日が始まった。

朝早くから夜中まで、魔女はグレーテルをこき使った。料理などろくにつくったことがないグレーテルは、小突き回されるようにして台所に立たされた。しかも、必死の思いでつくる料理は、愛する兄を太らせて、魔女の口に入れるためのものだった。

魔女はグレーテルにはザリガニの殻しか与えなかった。

ひもじさと切なさ。グレーテルが涙を流さない日はなかった。

一方、ヘンゼルも悲惨だった。光も差さない狭い家畜小屋に押し込められ、エサだけは与えられる。むろん、排泄物《はいせつ》を捨てるところもない。次第に異臭がこもり始めた。

人間の生活ではない。暗闇の中で、ただエサが運ばれるのを待つばかりの家畜以下だった。

ヘンゼルの心は、次第に無感動になりつつあった。彼の心に浮かぶのは、魔女に食べられるという恐怖だけだった。もはや、妹のことが脳裏をかすめることもなかった。

「そろそろ脂がのってきただろう。ヘンゼルや、指を出してごらん。食べごろになったか見てやろう」

時々、魔女はヘンゼルの小屋にやってきて、食物を差し入れる小さな戸口から指を出すように言った。ヘンゼルは、とっさに、自分の指の代わりに、食べ残した小さいザリガニの殻を突き出して見せた。魔女の赤い目は視力が弱く、それをヘンゼルの指だと思い込んだ。

「おかしいね。ちっとも肉がついてない」

魔女はブツブツ言いながら家に引き返す。ヘンゼルは安堵《あんど》のため息をつく。

そして、ヘンゼルは、藁束《わらたば》の中に身をゆだねて眠るのだった。

（今日も無事だった……）

（いつまでこんなことが続くのだろう。もう終わりにしたい。いっそ、魔女に食われちまったほうが楽なのかもしれない……）

◇魔女の断末魔

ひと月ばかりが経った。いまだにヘンゼルは太らない。魔女はジリジリしてきた。

ある日、魔女は我慢しきれなくなり、ついに子どもたちを食べる決心をする。

大鍋いっぱいに湯を沸《わ》かし、ヘンゼルを煮殺してしまおう。そうだ、ついでにグレーテルもパン焼きの竈《かまど》で焼いて食べよう。二人食べれば、少しくらい脂がのっていなくても、立派なご馳走になるさ。

さっそく、魔女はグレーテルを呼びつけた。

「さあ、大鍋に湯をたっぷり沸かしな。これからおまえの兄さんを煮るんだから」

「そんな！　いやです。お願いですから、お兄ちゃんを助けて！」

グレーテルは声を振り絞った。だが、魔女は少しも心を動かされなかった。

「今さら泣いたってどうにもならないさ。それから、竈にはもう火が入れてあるから、湯を沸かしたら、竈を開けて、パンが焼けているかどうか見ておくれ」

言われるままに、グレーテルは水を汲み、湯を沸かした。そして、竈の掛け金をはずし、扉を開けた。パンはどこにもなかった。

「パンがありませんけど」

「ふふふ。いいんだよ。おまえを焼くんだから」

そう言った途端、魔女はグレーテルの腕をつかみ、竈の中に無理やり押し込もうとした。

「いや！　何をするの」

ゴオッと炎が唸《うな》りを上げた。頭を押さえつけられ、グレーテルは竈の火勢をまともに受けた。

「いや、いやよ！　離して！」

グレーテルは激しく頭を振り、魔女の腕から逃れようともがいた。

「言うことをお聞き。どうせわめいたって、誰も来やしないよ。おとなしく竈に入るんだよ。生きたまま焼いたほうが、わしゃ好きなんだよ」

「助けて、お兄ちゃん！　いや！」

魔女のとがった鉤爪《かぎづめ》が、腕に、肩に食い込む。グレーテルは自由なほうの腕を振り回してもがいた。魔女の枯れ枝のような足を夢中で蹴《け》りつけた。

魔女は気味の悪い声で笑った。グレーテルの抵抗を楽しんでいるのだろう。むき出した黄色い乱杙歯《らんぐいば》が迫ってくる。吐き気を催す口臭。グレーテルは思わず顔をそむけた。

（焼き殺されるなんて、いや！）

グレーテルは渾身《こんしん》の力を振り絞った。魔女は、グレーテルの腕をぐっと引きつけ、しがみついてきた。

「いや！」

思わず、グレーテルは両腕を突っ張った。

「無駄だよ。おまえは、わしの言うことを聞くしかないんじゃ」

唇をねじ曲げて、魔女はまたしても嘲笑《あざわら》った。

その顔を見た瞬間、グレーテルの中で何かが弾《はじ》けた。

(母さん?)

母さん。母さんの顔だ。醜くて、口うるさくて、そして、私たち二人を捨てた、あの女だ!

自分が生きのびるために、私たち二人を森に捨てさせた、あの身勝手な女だ。見てごらん。この魔女は、母さんにそっくりじゃないか。

私たちを捨てただけじゃ足りなくて、今度は殺して食べようっていうの?

瞬時に、グレーテルの心は炎と化した。憎悪という名の炎が燃え上がった。それは、グレーテルにとてつもない力を与えた。

「死んじまえ!」

グレーテルは、ひと声叫ぶと、魔女を思いっきり突き飛ばした。

「ぎゃあっ」

魔女の枯れ木のような体が床に叩きつけられた。魔女は凄《すさ》まじい形相ではね起きると、

「この乱暴者! 何をする」

「うるさい! あんたなんか死んじゃえばいいんだ」

グレーテルは、素早く魔女の腕をつかみ、竈の前に引きずり出した。魔女の体をグッとつかむと、一気に燃えさかる炎の中に押し込んだ。

「おやめ、おやめ！」

必死に叫ぶ魔女に目もくれず、グレーテルは無言のまま、その体を押し続けた。

「やめ、やめておくれ。許して……！」

ボッ、と魔女の髪に火が移った。古ぼけたスカートも、すぐに燃え出した。

「ひいぃ！」

グレーテルは、炎に包まれて悶《もだ》え狂う魔女の姿を、冷《さ》めきった瞳で見つめていた。

その瞳の中には、奇妙な愉悦すらあった。

グレーテルは火かき棒で魔女の枯れ木のような体を押さえつけた。魔女は必死で火かき棒をつかんで竈から抜け出そうともがく。乱れた髪は、すでに炎に包まれている。

「いい気味だわ」

グレーテルの頬に冷笑が浮かんだ。

「どう？　苦しくなってきたでしょう。ほらほら、そんなにむせちゃって。ふふふ、あんたが魔女だろうが、母さんだろうが、もうどっちでもいいわ」

グレーテルは、火かき棒を手にとり直すと、黒く焦げ始めた老婆の体を、グッと竈の奥に突っ込んだ。老婆は狂ったように抵抗する。だが、グレーテルの視線は冷たかった。

彼女は、まるで荘厳《そうごん》な儀式を締めくくるかのように、ゆっくり竈の重い扉を閉め、掛け金を下ろした。

魔女のあわれな断末魔が、一瞬、ひときわ高く響きわたった。だが、それも家を揺るがすほどの火勢の中に、いつしか消えていった。

(やった。やったわ。魔女をやっつけたわ)

妖《あや》しい輝きがグレーテルの瞳を支配していた。彼女はしばし竈の前で放心していた。しばらくして、グレーテルは、ハッと我に返った。

(そうだ、お兄ちゃんを助けなければ)

台所のテーブルに鍵《かぎ》の束が投げ出してあった。グレーテルは急いでそれをつかむと、外の家畜小屋に走った。鍵穴に鍵を合わせるのももどかしく、彼女は鍵を開けた。

「お兄ちゃん、私よ」

「グレーテル!」

ヘンゼルはヨロヨロと這《は》い出してきた。狭い空間に長い間閉じ込められていたせいか、足が萎《な》えていた。

「お兄ちゃん！　私たち助かったのよ。私、魔女を竈の中に押し込んだの」

魔女の恐怖から解放された二人は抱き合って泣いた。

ヘンゼルは魔女の居場所が気になった。

グレーテルは家へ入ると、兄を台所へ連れて行き、竈の前に立った。

「この中に魔女がいるの？」

「そうよ。もう死んだかしら。何か聞こえる、お兄ちゃん？」

ヘンゼルは竈に耳を近づけて、しばらくじっとしていたが、やがて首を振った。

「いいや、なんにも」

二人は互いをじっと見つめ合った。

家の中には二人の気配しかなかった。後はスープの煮えるグツグツという音。そして、竈から洩《も》れる火の音。時折火の勢いが増すのか、ゴオッという唸りが聞こえる。

「魔女の声、しないね」

「うん、しないね」

二人はやっと安心した。そして、魔女がつくったスープを皿に盛り、パンを出してきて、食事をとった。

人心地《ひとごこち》がつくと、二人は家の中を見て回った。奥の部屋には、山ほどの宝石や真珠が隠されていた。

「こいつはすごいや」

「もらって行きましょうよ」

すぐにグレーテルが言った。ヘンゼルもうなずくと、ポケットに詰められるだけ詰めた。グレーテルは、魔女のタンスから袋を取り出し、もっとたくさんの宝石をギュ一ギュ一詰め込んだ。

「そんなにたくさん？」

「そりゃそうよ。ここを出て家に帰っても、何もお宝はありゃしないんだから、持てるだけ持って行かなくちゃ。父さんはからっきし意気地《いくじ》がなくて、お金なんか持ってやしないんだから」

ヘンゼルは唖然《あぜん》とした。ここにいるのは、気弱で泣いてばかりいた、あの幼いグレーテルではない。全然違う。まるで、うちの母さんみたいだ、とヘンゼルは思った。

「さあ、ともかく、この家を出て、森を抜けましょう」

「う、うん。そうだね」

二人は家を出た。お菓子の家は、心なしか古ぼけて見えた。ヘンゼルが齧《かじ》った屋根は、齧られた跡が雨でボロボロになっていた。グレーテルが食べた窓枠は、ひび割れて煤《すす》け、寒々しく風に鳴っていた。

「行こう、早く」

ヘンゼルは足早に歩き出した。グレーテルは、兄のあとに従いながら、もう一度振り返った。

「そうね……さよなら、母さん」

「……何か言った？」

「ううん、なんでもない」

グレーテルの呟《つぶや》きは、風の音に消えていった。

何時間歩いたことだろう。二人はいつしか森を抜けていた。あれほど踏み迷った森なのに、今度はわけもなく森は開けた。魔女の魔力が迷わせていたのだろう。なおも進むと、あたりの景色は、次第に見覚えのあるものに変わっていった。

そしてついに、遠くに我が家が見えた。二人は駆け出した。

やっと帰ってきたのだ。二人は、扉を開けるのももどかしく、家に走り込んだ。

父親が一人で座っていた。二人を見た父親は、一瞬、とまどいの表情を浮かべたが、すぐにそれを押し隠したのを、ヘンゼルは見逃さなかった。

「おまえたち、よく帰ってきた。心配したぞ」

親子は抱き合って喜んだ。

「そうだわ、これを」

グレーテルが、魔女の家から持ち出したお宝を部屋中にぶちまけた。ヘンゼルも、ポケットから宝石をひとつかみずつ取り出した。真珠やルビー、ダイヤモンド。目のくらむような宝石ばかりだった。

父親は驚き、その目は思いがけないお宝の山に輝いていた。

一家はもう飢える心配がなくなった。

二人が母親のことを持ち出すと、父親はひどくうろたえた。

母親は二人が森にいる間にいなくなったという。死んだのだと父親は言った。それ以上、誰もそのことには触れなかった。

一度だけ、何かの折にグレーテルが、

「母さんのお墓はどこ？」

と尋ねたことがあった。父親は、案の定、ひどくうろたえ、

「森へ埋めたんだ。金がなくて墓石も建ててないから、場所を言ってもわからんよ」

と口早に言って仕事に出かけてしまったことがある。

口には出さないものの、ヘンゼルは、ふと邪悪な思いにかられる時がある。もしかしたら、飢えた父親が、スキを見て母親を殺して食べてしまったのだろうか、と。

一家に奇妙な平和が訪れた。

今や一家の主婦となったグレーテルは、毎日忙しく家の中を切り盛りした。仕事が一段落し、ホッと台所のテーブルに座る時、時折、魔女の家を思い出すのだが、今では夢のように思えるのだった。

あのお菓子の家は、果たして現実だったのだろうか。あの魔女は、本当に何度も子どもたちを毒牙《どくが》にかけたのだろうか。殺されそうになった時、魔女を母さんだと思ったのはどうしてだろう。本当に、あれは母さんだったのかしら……。

グレーテルは、魔女の家の日々を、時に懐かしくさえ思い出すのだった。

■初版『グリム童話』の読み方――ヘンゼルとグレーテル■

ヨーロッパにも日本にも、実際にあった〃子捨ての風習〃

グリム童話の中でも、『白雪姫』『眠れる森の美女』『ハーメルンの笛吹き男』などとともに有名なのが、『ヘンゼルとグレーテル』です。お菓子の家に迷い込んだ二人の子どもが、魔女と対決し、ついには魔女を倒すというストーリーに、少年少女時代に胸を躍らせた記憶を持つ人も多いでしょう。

ですが、魔女退治という素朴な冒険譚《ぼうけんたん》の底に隠されているものを探る時、そこに、人類の戦慄《せんりつ》の記憶が見え隠れするのに気づかされます。

メルヘンは時代を映す鏡でもあるのです。『ヘンゼルとグレーテル』もまた、時代の記憶を内包した物語です。

『ヘンゼルとグレーテル』は、初版以来、版を重ねるたびに加筆・修正され、現代に伝えられるストーリーに定着しました。初版以降、第三版までは、ほとんど重要な変更は行われていません。正確にいえば、第七版に至るまで物語の骨子はほとんど変えられていないのですが、第四版において、非常に重要な書き換えが行われています。それまで実母とされていたヘンゼルとグレーテルの母親が、第四版以降は継母とされたのです。

子どもたちを厄介払いしようと夫をたきつける悪女の役柄が実の母であるという点が指摘され、教育的配慮によって継母にされたのです。また、世の継母にとっては、この「配慮」はいい迷惑だったに違いありません。優しい継母に可愛がられている子どもにとっても。

ともかく、以後、『ヘンゼルとグレーテル』に登場するのは、継母ということに決まってしまいました。ですが、実の母が子どもたちを森に捨てようと画策する初期の物語のほうが、より現実に即しているのではないでしょうか。

そもそも、ヘンゼルとグレーテルが森へ捨てられたのはどうしてか。それは飢《き》饉《きん》のためです。かつて、飢饉は、私たち現代人が想像する以上に、人々の心を凍らせる災害でした。一家そろって飢え死にするぐらいなら、食い扶《ぶ》持《ち》を減らしたほうがいい。それも、働きのない者から始末するのが常套《じょうとう》手段でした。

日本でも、間引き、姥《うば》捨て、子捨て伝説は、枚挙に暇《いとま》がありません。ヨーロッパでも事情は大同小異でした。ひとたび飢饉が起これば、人々は飢えに苦しみ、国は疲弊《ひへい》します。生き残るためには、道徳律など捨てるしかありませんでした。「衣食足りて礼節を知る」と言いますが、まさにその通りでした。自分が生き残るためには、自分の子どもすら犠牲にするという過酷な世界が、かつて、確かに存在していたのです。

悲惨な時代の記憶は、その民族の集団的記憶の中に埋没します。それを次代に語り継ぐもの。それがメルヘンなのです。

一方、この物語は、子どもの精神的成長そのものを象徴する物語として読み解くこともできます。

捨てられるという現実を目の前にして、なぜ、ああもたやすく、ヘンゼルとグレーテルは森の中で眠ってしまうのでしょう。眠ってしまえば、親はしめたとばかりに姿を隠してしまうのは目に見えているというのに。

森の中のシーンについて考察してみます。

ヘンゼルとグレーテルは、火の前に座り込み、パンを食べたあと、眠り込んでしまう。眠ることで悲惨な現実から逃れられるかのように。だが、目覚めた時、現実はよりつらく二人に迫る。両親の姿はどこにもなく、夜の森は深く、限りなく暗い。

眠っている間は二人は幸福なのです。ちょうど母親の胎内にあるように。深い森の静寂。暖かなたき火。火のはぜる音。それは、いつまでも親に守られてぬくぬくとまどろんでいたいという、二人の母胎回帰願望の象徴なのです。

しかし、二人は否応なく厳しい現実と対決せざるを得なくなります。それが夜の森の試練であり、再度の子捨て、そして魔女の館への到達です。

魔女。それは、子どもにとって優しさの権化《ごんげ》ともいうべき母親のもう一つの面――より人間的な、あるいは悪魔的な面――を象徴するものです。母に寄せる子どもの慕情は、母を絶対の全能者と捉《とら》えています。母親とは、常に優しく、常にすべてを与えてくれる神そのものなのです。

しかし、現実の母親は違います。欲望も悪い心もある一個の人間です。子どもの成長とともに、母親は自分が一個の人間であることを子どもたちに主張します。でも、それを子どもは容認することができません。いつまでもぬくぬくと母の胸に抱かれていたいからです。

子どもは、成長とともに、母の支配力から抜け出さねばなりません。いつまでも母に依存する子どもは、母に疎《うと》まれ、引き離されます。ここに、母と子の闘争が起こります。その闘争の果てに、互いの独立した人格が形成されるのです。

母と子の闘争は、メルヘンの世界だけではなく、現実の世界で、どの親子にも起こります。

ヘンゼルとグレーテルは、魔女と対決し、勝利したことで、幼年期を脱します。そして、二人は新しい世界を発見するのです。かつて全能の神であった母という存在を抹殺した世界を、です。

こうして親の影響下から脱した子どもたちは、新たに、より対等な存在として、親との新しい関係を築いていくのです。

II

トゥルーデおばさん

Frau Trude

男の荒い息が、草いきれの中で生臭く響く。うしろから腰を突き上げられるたびに、女の長い髪が乱れる。高まる女のあえぎが、男をより燃え上がらせる。

快感の高まりに耐えきれず、男はうめいた。気配を察した女は、激しく首を振った。

「まだ、まだよ」

だが、男は耐えきれず、ひとしきり動くと、果てた。

男は、しばらく女の体の上であえいでいたが、やがて、ゴロリと草の上に倒れた。

女はけだるそうに髪をかき上げている。まだ幼さの残る整った美貌《びぼう》に、激しい行為の疲労は微塵《みじん》もみられない。身繕《みづくろ》いをするでもなく、男の厚い胸にすり寄る。

「ねえ……もう一度」

女は男の胸をまさぐりながら、小悪魔《こあくま》のような瞳で男を誘う。

「……」

はじけるような女の胸のふくらみに、男の目が吸い寄せられる。汗をにじませた白い首筋に続くなだらかな曲線。いつの間にか、女の細く長い指は、男のものをしっとりと包んでいる。濡《ぬ》れた瞳。からみつく白い足。男は官能の火がまたしてもくすぶり始めるのを感じていた。

「好き者め」

「ふふふ……」

日は高く、大空に雲雀《ひばり》の声が響いていた。

女がようやく満足したころには、日はすっかり西に傾き始めていた。

「さ、そろそろ帰らなくちゃ」

女はそそくさと服を着て、髪を手で梳《と》かし始めた。

「なあ、また会ってくれるだろう?」

「ふふ……」

女は、男を振り返ると、いたずらっぽく笑った。その表情はひどく妖艶《ようえん》だった。だが、女はまだ少女といっていい年ごろだった。

「そうね。考えとくわ」

長い金髪が風になびいている。すらりとした均整のとれた肢体は、若鮎《わかあゆ》のようだった。横座りのまま髪をくしけずる姿は、妙になまめかしい。男は、むき出しの少女の足首に触れた。折れそうなほどの細さに、思わず握りしめる。

少女は、うるさそうにその男の腕を払い、立ち上がった。

あっさり背中を向ける少女に、男は鼻白む思いだった。だが、少女はかまわずその場をあとにした。

(今日の男は今ひとつだったわ。もう少し楽しませてくれてもいいのに……。そうだわ、明日はあの男に声をかけてやろう)

帰る道すがら、少女はすでに別の男を誘う言葉を考えていた。

◘小悪魔的美貌を持つ娘

娘の男好きが生来のものだったのかどうかはわからない。だが、今の彼女にとって、毎日違う男に抱かれる以上の楽しみはなかった。

まだ十五歳という若さと、小悪魔的な美貌。男をひきつけて離さない挑発的な肢体。彼女に言い寄られて拒む男はいなかった。彼女は、セックスという、この気持ちのいい遊びがひどく気に入っていた。

男たちは、彼女が望めば何でもしてくれた。何度でも、どんなポーズでも。毎日のようにそれを続けるうちに、彼女は、どんなことでも自分の思い通りになるのだ、という一つの信仰を持つまでに至った。

女としての自信は、彼女をよりいっそう輝かせた。だが、同時に、それは親たちの救いようのない悩みの種だった。

狭い村の中で娘の不行跡が噂《うわさ》になるには、長い時はいらなかった。村じゅうに娘の噂は広まっていた。なかには、娘の相手をした男みずからが、おもしろおかしく噂を振り撒《ま》くことすらあった。

母親の脳裏には、人々の嘲笑《ちょうしょう》がこびりついていた。村の共同の洗濯場で、さも気の毒そうに話しかけてくる人々の顔。

「大変なんですってねぇ、娘さんが」

「あれだけきれいだと、男がほうっておかないよね」

「ほんと、ほんと」

皆、同情しているのよ、という顔をつくってはいたが、その目には明らかに濃い嘲笑の色が見てとれた。あの目も、あの目も、あの目も……。

父親もまた、男たちの談笑の端々《はしばし》に、ふしだらな娘への露骨な興味を見せられて辟《へき》易《えき》していた。

村じゅうの男という男が娘と寝たのかもしれない。隣のハゲ親父だって、向かいの家のイノシシのようにでっぷり太った男だって信用できない。誰もが娘の体を味わい、そして笑いものにしているのだ——。

耐えられなかった。

キリスト教を絶対の教えとして生きている者にとって、性行為は罪深いものだった。子孫をつくる以外の、愉《たの》しみとして行うセックスは、最も罪深い行為とみなされている。

たとえ夫婦でも性交渉を持ってはならない、と教会が規定した日がたくさんあった。厳密に数えると、一年のうち、夫婦がセックスをしてもよいとされた日数は、わずか四十四日程度である。夫婦ですら厳しい性の戒律の下に夜の営みを制限されているのに、未婚の男女の性交渉など、親にとっては言語道断だった。

しかし、それだけに、性に飢えた男は多かった。少女の誘いに乗った男たちは、独身者もあれば、妻帯者もあった。二十歳前の若者もあれば、四十の坂を越えた男もあった。彼らは少女の肉を貪《むさぼ》り、少女もまた、たっぷり愉しんだ。性の愉しみそのものに惑溺《わくでき》しただけでなく、毎日違う男を誘惑するというスリルが、まだ幼い彼女をとらえて離さなかったのだ。

（あたしがちょっと声をかけたり、流し目をしたりすれば、どんな男でもついてくるわ）

事実、その通りだった。

どの男も、少女の誘惑を拒絶することはなかった。こんなタナボタをほうっておく手はない、と誰もが手を出した。少女が浮かれ女であることは、皆が知っていた。だからこそ、男たちは誘いに乗った。後腐れなく遊べるし、相手は若くて美しい。

こんな需要と供給のバランスの中で、少女はいっそう傲慢《ごうまん》になっていった。

娘の不行跡を苦々しく思う両親は、娘の顔を見さえすれば小言を言った。

「村じゅうで、おまえのことを噂しているぞ。いい加減にしろ！」

「こんなことじゃ、嫁のもらい手がないよ。身持ちの悪い娘なんか持って、あたしたちは世間様に顔向けできないよ」

だが、父親の罵声《ばせい》も、母親の泣き声も、娘には何の薬にもならなかった。家でどんなに叱《しか》られようと、翌日になると、ケロリとして男漁《あさ》りに出かけてしまう。両親はため息をつくばかりだった。

ある日のことだった。少女は、お気に入りの若いきこりと、人目を盗んで村はずれのきこり小屋で密会した。

今日の相手は若いが、なかなかのテクニシャンだ。たっぷり汗をかき、二人は並んで横になっていた。

「ねえ、何かおもしろいことないかしら」

少女は、さも退屈だとでも言いたげに、ゆっくりあくびを噛《か》み殺した。

「なんだい、今終わったばかりなのに」

「だってさ……」

男は少女を背後から抱きすくめると、豊満な乳房を愛撫《あいぶ》し始めた。

「うちに帰っても、父さんと母さんがうるさいだけだし」

「そりゃあ、おまえがいけないのさ。あちこちで男をつまみ食いしてるからさ。な、ほかの男なんかよくないぜ。俺だけのものになれよ」

「そうね。考えとくわ」

少女はふくみ笑いを洩《も》らしながら、しばし男の愛撫に身をゆだねた。

「……そうだ。おもしろいといえば、こんな話がある」

「なぁに？」

「おまえ、トゥルーデおばさんって知ってるかい？」

「ううん、知らないわ。誰？　その人」

「ほら、森の奥に古ぼけた家が昔からあるだろう。あそこに住んでる婆《ばあ》さんなんだけど」

「ああ、あの家」

「なんでも、魔女だっていう話だぜ」

「魔女ですって！　本当なの？」

「らしいぜ。退屈だというなら、あの家に行ってみたらどうだ」

「……ちょっとおもしろいかもね。魔女って、いったい何をしてるのかしら」

「さあな。俺はそんな婆さんの家なんかごめんだ。だいたい、魔女ならここにいるさ。ほら、こんなかわいい顔で男を誘惑する小悪魔が、な」

　男の指は、いつの間にか、彼女の下腹部をまさぐっていた。

◇ふしだらな娘の性癖に泣く両親

その夜、家に帰った娘は、またしても両親の叱責《しっせき》を浴びた。

「こんなに遅くまで、どこに行ってたんだい！　またどこかの男のところにいたんだろう。いい加減におしよ」

「あたしが誰とどこで寝ようと、母さんには関係ないでしょ！」

「バカ！　母さんに口答えするな。嫁入り前の娘が、なんてざまだ！」

「本当に、なんでこんな子になっちまったんだい。あたしゃ、情けないよ」

母親は泣き崩れた。父親はこぶしを振り上げた。

「何よ！　殴りたけりゃ殴ればいいでしょ！　たかが男と寝たぐらいで、何よ。母さんだって父さんと寝るんでしょ。おんなじよ」

「バカもん！　いい加減にしないか！」

思わず父親は、娘の頬を叩いた。乾いた音が響く。

「何するの。痛いじゃない！」

「いいか、結婚もしていないのに男と寝るなんて、恥ずべきことなんだ。その上、誰かれかまわず、というじゃないか。そんなことは神様がお許しにならないぞ。今に痛い目に遭《あ》う」

「神様？　神様なんて知ったことじゃないわ。愉しいんだからいいじゃないの」

「汚《けが》らわしい！」

　吐き捨てるような母親の鋭い叫び。

「男にチヤホヤされて安売りするなんて、おまえは本当にバカだよ。いいかい、村じゅうの者がなんて言ってるか知ってるかい？　あの娘は、誰とでも寝る、いかがわしい娼婦《しょうふ》だって言ってるんだよ。おまえを抱いた男たちも、そう言って笑ってるんだよ。こんなことをしていて、いいことは一つもないんだ。おまえは男がチヤホヤしてくれるからいい気分かもしれないが、みんな、腹の中じゃ笑ってるんだよ。おまえのことを心から好いてくれる男なんか、いやしないんだよ」

　これを聞くと、娘はきっと母親をにらみ返した。

「そんなことないわ！　あたしを独占したいって言う男は、それこそ山ほどいるのよ。ただ、あたしが独占されないだけよ。母さんこそ、そんなことを言うのは、あたしの若さに嫉妬《しっと》してるからよ。そりゃそうよね。母さんみたいに所帯じみたおばさんは、誰も相手にしてくれないもの」

「なんだって！　言っていいことと悪いことがあるわよ！」

「やめろ！　母さんを侮辱するな。おまえには、そんな資格はないぞ」

父親が割って入った。母娘は憎しみを込めてにらみ合った。

「はっ。バカらしい。もう、こんな辛気《しんき》臭《くさ》い家、いやになったわ」

娘は、ふっと視線をそらし、腰に手を当てて、ため息をついた。

「そうだわ、森の奥に住んでるっていうトゥルーデおばさんの家にでも行こうかしら！　なんでも魔女だっていうじゃない。あたしにはピッタリかもね！」

娘は、急に甲高《かんだか》い笑い声を発した。

両親は、トゥルーデおばさんという娘の言葉に驚きを隠さなかった。

「おまえ、自分が何を言ってるのかわかってるのかい？　あの女は、もうずっと昔から、私たちが生まれる前からあそこに住んでいる苔《こけ》の生えた魔女なんだよ。そんじょそこらの駆け出し魔女とはわけが違うんだよ。家を出て、そんなところに行こうっていうのかい？　気は確かなのかい？」

「そうだ。あいつはとりわけ性質《たち》の悪い魔女なんだぞ。そんな女と関わりを持つというのなら、勘当するッ」

「いいわよ、別に。だって、あたしは、もっと自由に生きたいのよ！」

「自由だと？　バカも休み休み言え。親の言うことはからっきし聞かない、すれっからしの不良娘のくせに、これ以上好き放題しようというのか！　出て行くだと？　あ、わかった。勝手にすればいい。もう父さんたちは、おまえを娘とは思わんぞ。勝手に魔女の館でも悪魔の住みかへでも行っちまえ！」

「わかったわよ。勝手にするわ！」

売り言葉に買い言葉だった。娘は、音も荒々しく部屋を飛び出した。

「あっ！　どこへ行くんだい」

あわてて母親が取りすがろうとした。だが、その手を父親が止めた。

「よせ！　あいつには、もう何を言っても無駄だ」

「でも、あんた……」

娘は夜の闇に飛び出していったのだろう、表の戸が荒々しく開け閉《あた》てされる音がした。夫婦は、しばし立ちつくした。とうとう来るべきものが来たのだ。いつかは娘と対決するしかなかった。

重い疲労感が二人を襲った。

何度厳しく教え諭しても、いっこうに親の言うことを聞かなかった娘。ふしだらで、それを悪いとも思っていない野放図な娘。なぜ、あんな子になってしまったのか。何がいけなかったのか。あんな娘は生まれなければよかったのだ。苦しみしか与えない、あんな娘は。

両親の心の底には、澱《おり》のように暗い炎が沈潜した。

◆骸骨《がいこつ》でできた壁

怒りにまかせて家を飛び出してはみたものの、少女は少し後悔していた。

「どうせ家出するなら、荷物をしっかり用意するんだったわ。つい頭に来て、何も持たずに出てきちゃったけど、お金ぐらい持ってくればよかった」

勢いよく歩いてはみたが、夜の闇は濃い。このままトゥルーデおばさんの家へ向かおうかどうか迷った。

（そうだ。今夜はあのきこりのところに泊まろう。明日のことは、それから考えても遅くはないわ）

少女は若いきこりの家に向かった。

だが、たどり着いてみると、家には明かりがなかった。どこかへ出かけてしまったらしい。

「なにさ！　こんな時にいないなんて、本当に役に立たないいんだから」

しばらくむかっ腹を立てていたが、どうしようもない。少女は、意を決して森に入った。幸いなことに、月が出ていた。森は思ったよりも明るかった。柔らかい月の光に照らされて、一本の細道が森の奥へと続いているのがわかった。

少女は歩き出した。獣たちは眠っているのだろう、森は驚くほど静かだった。木々の枝葉も囁《ささや》きを止め、シーンと静まり返っている。少女の靴音だけがあたりに響く。うそ寒い冷気が背中を這《は》う。だが、ここまで来て引き返す気にはなれなかった。意地でも両親のいる家には帰りたくなかった。

(あたしを怖がらせようとして、トゥルーデおばさんのことをいろいろ言ってたけど、バカみたいだわ。あたしは平気よ！　魔女だろうがなんだろうが、おもしろければ、しばらく一緒に暮らしてもいいわ)

少女の歩みが速くなった。まだ道は続いている。だんだんまわりの木々が覆《おお》いかぶさってきた。だが、少女はいっこうに気にしなかった。森の奥に進めば進むほど、うるさい両親の声が聞こえなくなるのだ、とでもいうように、意気揚々と進んで行った。

小一時間も歩いただろうか、やっと遠くに灯が見えた。さすがに歩き疲れ、少女はホッと息をついた。

「あれだわ」

枯れ葉が足元で鳴る。少し風が出てきていた。寒い。

（早くトゥルーデおばさんの家に入れてもらって、暖まろう）

近寄ってみると、その家はかなり古い、しかし大きな家だった。三階建て、いや四階建てだろうか。三、四段の短い階段を上がったところに、重そうな樫《かし》の木のドアがある。

どうやら、それが玄関らしい。玄関には大きな鳥の形をしたノッカーがついている。少女は、ノッカーを鳴らそうと、階段を急いで上った。近くでよく見ると、そのノッカーはオオガラスの形をしていた。真っ黒なツヤツヤした羽を広げ、口から大きな輪を垂らしている。少女が近づくと、オオガラスがニヤリと笑った。

「ひっ」

少女は思わず手を引っ込めた。

「どうしたんだい、トゥルーデおばさんに会いにきたんじゃないのかい、お嬢さん」

「そ、そうよ」

「それなら、俺の口の輪を持って、ドアを叩きなよ。そしたらドアが開くからさ。トゥルーデおばさんは家のいちばん上の部屋にいるから、ドアが開いたら階段を上がりな」

カラスは、ひどく嗄《しやが》れた声で少女に話しかけた。

少女はすっかり肝《きも》をつぶし、黙ってうなずくのが精いっぱいだった。だが、なんとか気を取り直し、オオガラスの口から下がった輪を握って、軽くドアを叩いた。

その途端、ドアは勢いよく内側に開いた。そのはずみで、少女はドアの内側に倒れ込んだ。すると、ドアはあっという間に閉まり、もうどんなに押しても引いてもビクともしなかった。

「さあ、お入り。トゥルーデおばさんがお待ちかねだよ」

そう言って、オオガラスは気味の悪い声で甲高く笑った。カラスの哄笑《こうしよう》に、少女はすっかり気味が悪くなった。

「やっぱり、あたし、帰るわ！　開けて、開けてちょうだい！」

「ケッケッケッ。もう遅いよ。さ、階段を上がりな」

少女は、しばらくドアと格闘していたが、どうしても開かないので、仕方なく階段を上ることにした。

薄暗い階段は、足元もおぼつかない。少女は思わず壁に手をついた。だが、すぐに異様な感触に手を引っ込めた。恐るおそる、もう一度触ってみる。丸くて、ひんやりしていて、ところどころに窪《くぼ》みがある。

(いったい何だろう?)

勇気を出して、両手で触ってみた。

次の瞬間、少女は悲鳴を上げた。少女の指先が探り当てたのは、人間の頭骸骨だった。

「骸骨だわ！　骸骨でできた壁なんだわ！」

少女は我知らず階段を駆け上がった。恐怖が足下から湧《わ》き上がってくる。

「誰か！　誰か助けて！」

一気に二階まで駆け上がった。ハアハアと荒い息をついていると、ふと何者かの気配が背後に感じられる。

「誰？」

自分の声とともに、ゆらりと大きな影が動く気配がした。目を凝らすと、真っ黒な闇が凝縮し、人の形になっていく。その大きさは少女の倍ほどもある。大きな黒い影は少女にのしかかった。

少女は、悲鳴を上げ、追いすがってくる影を振り切るように、必死で階段を駆け上がった。三階だ。黒い影の姿はなかった。少女はホッとした。額に汗がにじんでいる。手すりにもたれて息を整えていると、突如、暗闇に人の気配が……。

「もし、お嬢さん」

少女はギクッとした。

「だ、誰？」

返事はない。代わりに、低い忍び笑いが聞こえた。

「誰なの？　あたしを脅かそうったって駄目よ！」

少女は勇気を振り絞って声を放った。

「ふっふっ。威勢のいい子だな。俺はそういう獲物が好きさ」

思いのほか近くから声が響いた。少女は思わず一歩下がった。

その目の前に、ギラリと抜き身の刃《やいば》が現れた。

悲鳴も出ない。少女は体を固くして刃を見つめた。

刃のうしろから、男がヌッと出た。全身青ずくめだ。いや、顔も、髪も、手も、すべてが青い。目だけが黄色く濁っている。

「おまえの肉を食ってやろうか」

少女はあとずさった。刃から目が離せない。吸い込まれそうだ。青い男は、ネズミをいたぶる猫のように、ニタニタ笑いながら、ゆっくりと近づいてくる。

少女は夢中で背後をさぐった。さぐりながら後退した。すると、右足の踵《かかと》が、何か固いものに当たった。それ以上あとずさりできなかった。急いで震える右手をうしろに回し、振り回した。

（あった。階段の手すりだ！）

少女は、いきなり向きを変え、階段にとりついた。手足をバタつかせるようにして、夢中で階段を駆け上がった。

男の笑い声が響いた。

「お嬢さん、上へ行くのかい？　そりゃあ、きっと楽しいぜ」

男の嘲《あざけ》るような声が追いかけてきた。

四階にたどり着いた。青い男は追ってはこなかった。全身から力が抜けた。

（もう、こんな家、いや。誰か、助けて！）

少女は、じっと座り込んでいた。何も聞こえない。この階には誰もいないようだ。

廊下の奥を覗《のぞ》いてみた。廊下の端がほの明るい。

（誰かいる？）

目を凝らした。誰かが近づいてくる。ひどく静かに、足音もなく。だが、どこかで水が垂れるような音がする。

（……！）

全身が赤い。血だ。血の塊《かたまり》が人の形になっている。絶え間なく流れる血が、床にどす黒い染《し》みをつくっていた。ちょうど人の顔のあたりに二つの真っ暗な穴があり、さらに下には半月の形に開いた穴もある。

半月の両端が奇妙にひきつれた。どうやら笑ったらしい。

「よく来たな。さあ、こっちへおいで、お嬢さん。おまえの血をおくれ」

「ひいぃっ！」

少女の足はすくんだ。赤い男は、ゆっくり近寄ってくる。

「いやっ！　いやっ！　来ないで！」

足が小刻みに震える。知らず知らず涙があふれる。助けて、誰か！　母さん！

「おいで……」

赤い塊が腕を伸ばした。

その瞬間、少女は弾《はじ》かれたように飛びすさり、階段に駆け寄った。うしろから赤い化け物が追いすがってくるようで、またもや一心不乱に駆け上がった。長い階段だった。いったい何段あるのだろう。少女は一度も休まずに上り続けた。

ついに階段が尽きた。最上段にへたり込んだ少女は、こわごわうしろを振り返った。赤い男の姿はなかった。それどころか、下の階は暗闇の中に沈み、まったく見えなかった。

手すりにしがみつき、少女は嗚咽《おえつ》した。

「もう、いや。家に帰りたい。母さん、父さん、助けて……」

この家から逃げ出すことができるのだろうかと、少女は暗い廊下に座り込み、膝《ひざ》を抱え込んだ。

長い廊下の突き当たりに、明かりの洩《も》れている部屋があった。戸口に小さな窓がある。暖かい、暖炉の明かりのようだった。少女はフラフラと立ち上がり、ドアへ向かった。

しかし、歩み始めた少女の足は、すぐに止まった。室内の明かりが窓を通して暗い廊下の壁の一部に当たっているのを見たからだ。そこに、何者かの姿が映し出されていたのだ。

それは、耳まで裂けた口と鋭い牙《きば》を持っていた。乱れた髪は炎のように立ち上がり、その中心には、まぎれもなく二本の角が生えていた。

（あ、悪魔……！）

少女は息を呑んだ。膝がガクガクと音を立てる。立っていられなかった。再び少女は床にへたり込んだ。

「お入り」

思いのほか優しげな声が室内から響いた。

瞬間、少女は息が詰まるのを感じた。

（行ってはだめ！　行っちゃいけない！）

「どうしたんだい、こっちへおいで。暖かいよ」

声は重ねて少女を招いた。

少女は、何かに引きずられるようにして立ち上がり、部屋に向かった。扉を押し、部屋に入った。

◎暗がりに見えた〝耳まで裂けた口〟

部屋の中は、静かで、整頓《せいとん》されていた。

赤々と燃える暖炉の前で、小柄な老婆が安楽椅子《いす》に座って編み物をしていた。

少女は、意を強くして言った。

「おばあさんが、トゥルーデおばさん、なの?」

「そうだよ。お若いの」

老婆は、ニコニコしながら少女を差し招いた。少女は老婆の笑みにつられて近寄った。

「あたし、あたし、怖いものをたくさん見たわ」

「ほう、この家でかい?」

「ええ。最初は玄関でオオガラスに脅かされたし」

「あれは、私が飼っているカラスだよ。いたずらが好きなのさ」

「階段の壁は骸骨だったし」

「そうかえ、気のせいじゃろ。うちの階段は暗いからね」

「それから、真っ黒い大きな影のような人がいたわ」

「ああ、あれは炭焼きだよ。怖がりな子だねぇ」

「その上の階には青い男がいて、刃物で殺されそうになったわ」

「それは猟師さ。獣を狩るために刃物を持っているのさ」

「それから、それから、血の塊のような真っ赤な男に襲われたわ！」

「そりゃあ、つかまえてきた獣を解体して肉にする男だよ。下の階に住んでるんだよ」

　トゥルーデおばさんは、さも優しげに、教え諭すように話す。だが、少女の悪寒《おかん》は去らなかった。

「何も怖いことなんてありゃしないんだよ、お嬢ちゃん」

「でも、でも……。あたし、さっき、そこの廊下に悪魔みたいな影を見たの！　この部屋から洩れた明かりの中に、大きな角《つの》のある、口が耳まで裂けた恐ろしい姿だったわ。いったい、あれは何？」

それを聞くと、老婆は、さもおかしげにクスクスと笑った。

「そりゃあ、おまえ、それは魔女が本当の姿を現しているところだよ。そんなことも知らずにこの家へ来たのかい、かわいい子ちゃん」

老婆の瞳が妖《あや》しく光った。その目を見た途端、少女は動けなくなった。

（あ！　か、体が……）

老婆は、ゆっくり立ち上がり、少女に近づいた。

「おまえが私の家へ来ることは、だいぶ前からわかっていたんだよ。おまえのような子どもは、親に見捨てられても仕方がないねぇ。さ、私はおまえが入り用なんだよ」

魔女は人さし指を少女に向かって突き出すと、その鼻先でチラッと振ってみせた。

「おまえ、私のために光っておくれ」

魔女がそう言い終わるが早いか、少女の体は変化し始めた。見開いた両眼もそのままに、固まった少女の体は、指先から固くひからび始め、白い肌は茶色く変色していった。

（あ、あ、あああ……！）

少女の叫びは声にならない。みるみるうちに、少女の美しい肢体は、衣服すらも巻き込んで、細胞の一つひとつが別のものに変わっていくかのように、焦げたような暗い茶褐色に変わっていく。血管の中で勢いよく流れていた血液が、ゆるやかにその流れを止めたのだ。

全身は氷のように凍結する。

体は、その水分を一気に吸い取られたように、固くひからびる。血と肉が、体中の水分が、涙が搾《しぼ》り取られる。

激しい痛み。心臓がチリチリと音を立てるようだ。その鼓動は、緩慢《かんまん》に間遠《まどお》になっていく。

少女が振り絞る恐怖の悲鳴。だが、それはついに声帯を突き破ることなく消えたのだった。

透けるような肌は、すでにゴツゴツとした樹木のそれにとって代わっていた。

溶け去るがごとく、少女の体は変化を完了した。

ゴトン。

少女の体は一本の丸太になっていた。トゥルーデおばさんは、床に転がったそれを手に取ると、勢いよく暖炉にほうり込んだ。

丸太は火つきがよく、すぐに真っ赤に燃え出した。

老婆は暖炉の前の安楽椅子にゆったり座り、誰に言うともなく、

「どうだい、おっそろしく明るいし、あったかいじゃないか」

ひとりごちると、満足そうにクスクスと笑い、編み棒を手にとり直した。

丸太は、パチパチと小気味のよい音を立てて、いつまでも燃えさかっていた。まるで、閉じ込められた少女の断末魔のように――。

■初版『グリム童話』の読み方――トゥルーデおばさん■

言うことを聞かない娘への復讐を魔女に託した、親の暗い愉悦

ヨーロッパ中世は、キリスト教道徳が人々の生活すべてを規制する世界でした。社会生活は教会を中心に形成され、教育から性道徳まで、教会の意向を無視して成立するものはありませんでした。

性道徳においては、上流階級では、かなりおおらかといってもいいほどの性的放埒《ほうらつ》が大目に見られた半面、庶民生活は厳しい戒律に縛られていました。性交渉は、教会が認めた正式な夫婦間においてのみ、それも子孫をつくるための手段としてのみ認められていたのです。現代のように、性そのものを愉しむなど、もってのほかでした。

その中で、男性の性的放埒よりも、女性のそれのほうが、より厳しく糾弾《きゅうだん》されました。なんとなれば、聖書によると、男は神が自らの姿に似せて作り上げた「真」の人間であるのに対し、女は男の肋骨《ろっこつ》から作られたものだったのです。

女は、その創造の段階で、すでに男より劣ったもの、というのが当時の考え方でした。蛇の誘惑に負けて禁断の木の実を食べたのもイブが最初であり、夫のアダムにも食べさせました。それゆえ、女は男より誘惑に陥りやすいものである、とされたのです。それは、性のタブーにおいて、特に強調されました。

現代の女性が聞いたら烈火のごとく怒りそうな考え方ですが、それが当時の支配的な考え方でした。

また、女の徳といえば、従順であること、おしゃべりでないこと、さらに好奇心を持たないことだったといわれます。子どもにおいても、親に従順であることが最も望ましいことと考えられたのですから、大人の男にとっては、まことに都合のいい道徳律であったと言わざるを得ません。

メルヘンの世界では、男が主人公の物語と女が主人公の物語があるのですが、主人公の性によって、物語そのものの発展が異なります。グリム童話の男性主人公は、どちらかというと、山師的性格の大ざっぱな人間が多く、言葉巧みに悪魔を騙《だま》して宝物を手に入れたり、特に優れた点があるわけでもないのに、飼い猫の活躍で、気がついたら美人の王女様を嫁にもらっていたりと、女に言わせれば、ほとんどコメディです。

ところが、女性の主人公たちとなると勝手が違います。幸せをその手につかむためには、どんな苦難も耐え忍ばねばならない。ヒキガエルのようにいやな相手でも、親の言うままに結婚しなければならなかったり、兄弟を助けるために、何年間も沈黙を守って黙々と働かねばなりません。でも、彼女らは、決して自暴自棄になったりはしません。常に、清く、正しく、美しく、その上、従順で辛抱強い。これはもう、女というより、人間の域を超えているのではないでしょうか。

このメルヘンの女性主人公の類型は、中世ヨーロッパの人々が女性に求めた理想像そのものといわれます。メルヘンの男性主人公が放埒《ほうらつ》な人生を楽しんでいる一方、女性主人公たちは、現実社会における実現不可能な理想の人生を送らされる。童話の中とはいえ、彼女たちは、現実という束縛から逃れることができなかったのです。

さて、『トゥルーデおばさん』に登場する女主人公は、まだ少女という年代にありながら、本人はもういっぱしの大人の女のつもりです。親に従うことなど鼻先で笑い飛ばすような不良少女です。

彼女は、グリム童話の類型的なヒロインたちのように、清く正しく忍耐強く生きようなどとは思っていません。その時点で、彼女は童話の中でヒロインが最終的に到達する幸福への道を自ら放棄しています。従順であるとか、性的好奇心を持たないなどの、おとぎ話のヒロインが持つ美徳は、彼女の中ですべて否定されています。彼女のふしだらで遠慮会釈《えしやく》ない言動は、親の心を確実にささくれ立たせます。こんな娘はいなくなってしまえばいい、と親が心に叫ばぬ日はなかったでしょう。

親は、そんな彼女を叱りつけ、なんとかまっとうな子どもに育てようと努力します。だが、その努力は常に失敗に終わり、親は無力感にさいなまれ、言うことを聞かない娘に対する怒りは日々につのります。だからといって、娘を折檻《せつかん》したりはしません。

大人は、子どもをしつけるために、さまざまな脅迫の手段を使います。「いたずらばかりしていると、鬼が来るよ」といった類《たぐい》です。トゥルーデおばさんという魔女にしても、その名を言えば、幼い子どもたちは恐怖に顔をひきつらせ、親にしがみついたのかもしれません。

しかし、本編の主人公である向こう見ずな少女は、「そんなものはいっこうに怖くない」と、親の脅迫を一蹴《いっしゅう》します。彼女には、世の中に怖いものはないのです。彼女は、自ら悪鬼のような魔女の館に足を踏み入れ、恐怖を自ら呼び起こしてしまいます。

親の手に負えない娘を最終的に罰してくれるのが「トゥルーデおばさん」なのです。魔女は、犠牲者を館に引き込み、恐怖のどん底に突き落としたかと思うと、あっさり命脈《めいみゃく》を断つ。その果断な処置は胸がすくほどです。

つまり、魔女は親たちの密《ひそ》かな望みを代行する死刑執行人。自分たちでは直接手を下せない親たちに代わって、わがままな子どもに苛烈《かれつ》な罰を下すのです。

このおとぎ話は、子どもは親の言うことを聞くものだ、と子どもたちに教え諭す教訓話の体裁をとっています。

しかし、真意は、言うことを聞かないわがままな子どもへの親たちの復讐という密かな暗い愉悦を、魔女を通して描いたものとも言えるかもしれません。

III

長靴をはいた猫

Der gestiefelte Kater

長い夜だった。

薄暗い粉ひき小屋の中で、青年は一人でうずくまっていた。

昼過ぎから吹き始めた風が、いつしか突風となり、粉ひき小屋をガタピシいわせている。

ヒュウヒュウと切れるような音を立てて、風が吹き抜ける。青年は抱え込んだ膝《ひざ》に顔を埋めて耐えていた。残り短くなったロウソクの火が、ジジジとかすかに唸《うな》る。

何十年という年月、一日も休むことなく繰り返されてきた粉ひき作業が途絶えて、今日で三日が経っていた。

青年はチラリと窓の外を見た。闇の中に浮かび上がっているのは、少し離れたところに立つ母屋《おもや》の明かりだった。

(父さん……)

青年の唇がかすかに震えた。母屋の薄いベッドの上には、今まさに臨終を迎えようとしている父親が横たわっている。

そのベッドの傍《かたわ》らには、二人の兄が寄り添っている。

頭がよくて、働き者で、いつだって父の自慢の息子だった長男。

愛嬌《あいきょう》と要領でうまく立ち回り、一度として父に叱られることがなかった次男。

それに比べると、俺は……青年は、苦々しい思いを振りきるように、ギュッと目を閉じた。

(みそっかす……)

自虐の言葉が、無意識のうちに、胸をかすめて消えた。

何の役にも立たず、一つとして取り柄《え》のない自分に対して父親が吐き続けてきたあきらめの言葉——。

「おまえさえ、もうちょっと何とかなってくれたらな。この粉ひき小屋を大きくすることだってできたのに」

愛想を尽かしたような父親の言葉に無言で同調する兄たちの冷たい横顔が、青年の脳裏をよぎる。

(僕は疎《うと》まれている……)

物心ついたころから、幾度となく湧《わ》き起こってはくすぶり続けていた思いを、いったいどのくらい噛《か》みしめてきたことだろう……。

そのとき、ニャアという声がして、青年はハッと我に返った。薄暗い闇の中に、キラリと黄色い二つの目が光った。

「なんだ、おまえか」

青年は、ホッと息をつくと、かすかに微笑みを浮かべた。青年が差し出す手にしなやかな動作で巻き取られると、黄色い目をうっとりと閉じながら、猫は満足そうにニャアと再び鳴いた。

「おまえもみそっかすか。誰も相手にしてくれないんだろう？　僕とおんなじだな」

そう言いながら、青年は猫の喉《のど》をくすぐるように撫でた。やわらかい感触が心地よかった。手のひらから、猫を抱きしめた膝や胸から温かい体温が伝わってくる。温かくて、しっとりしていて、かすかにぬめりを帯びたその温《ぬく》もりを味わうように、猫を撫で続けた。猫は、ゴロゴロと喉を鳴らすと、青年の愛撫に応えるかのように身をよじらせる。

ふいに、ビュンという音を立てて、突風が小屋を揺らした。足元でくすぶるように灯っていたロウソクの火が、スーッと消えた。

（まさか、親父が……）

青年の胸に、ズン……と何かが降りてきた。凍りついたように放心した青年の懐《ふところ》で、いぶかしげに薄目を開けた猫が、ニャアと小さく鳴いて、青年の手を噛《か》んだ。

◇微笑みながらしゃべる猫

「もう一度言う。俺には粉ひき小屋を、次男にはロバを。それが親父の遺言だ」

長男の乾《かわ》いた声に、青年はグッと息を詰まらせた。長男が粉ひき小屋で、次男がロバ。それでは、自分には何もないというのか？

「何だ。不服なのか」

「いや、別に……」

別に、何かが欲しいというわけではなかった。だが、死ぬ時すら、親父は自分のことを顧《かえり》みてはくれなかったのだという思いが、キリキリと青年の心を苛《さいな》んだ。

「しょうがないだろ。おまえは役立たずだったんだから」

次男が冷たく言い放つのに、長男は当然だと言わんばかりにうなずいた。

ふいに温かいものを感じて、青年は目を開けた。足元で青年の顔を心配げに見上げている猫の顔に、青年は我知らず頬《ほお》をほころばせた。

「ふん、バカ猫か」

「みそっかす同士、気が合うというわけだ。そんなら、それをおまえにくれてやろう」

「えっ……」

「俺には粉ひき小屋、次男にはロバ、そして、おまえはこの猫だ。どうだ、ちょうどいいじゃないか」

「違いない！」

どちらからともなくそう言い出すと、兄たちは弾けるように笑った。

「さ、こうしてはいられない」

「俺たちはおまえと違って、いろいろとやることがあるんでな」

そう言い捨てて、部屋をあとにする兄たちを見送ると、青年は大きくため息をついた。

「……そういうことか」

誰にともなくつぶやく青年に、ニャアと猫が応えた。

「仕方ないよな。財産といっても、こんな貧乏一家じゃ何もないんだから。父さんだって、好きでそうしたわけじゃないよね……」

ベッドの上で、ひからびたロバのように横たわる父親の亡骸《なきがら》に話しかけると、青年の瞳から涙があふれた。

「父さん、僕のこと、愛してなかったわけじゃないよね？　この猫がウチのみそっかすだったから、僕とお似合いだからって、わざわざ残しておいたんじゃないよね？……世間ではよく、猫を食べて、その皮で手袋をつくるっていうけど、そんなふうにさせたくて、僕にこの猫を与えたわけじゃないよね？」

ハラハラとこぼれ落ちてくる涙を拭《ぬぐ》いもせず、青年は亡骸に向かって話し続けた。

まるで、今までは遠い存在だった父親を取り戻そうとするかのように、青年は、ベッドの脇にペタリと座り込むと、父親の冷たい手を取って、自分の頬に押しつけた。

「父さん、いったい僕はどうすればいいんだ……」

（ご主人様、気を落とさないで）

えっ？　と青年は思わず顔を上げた。

確か声がしたはずなんだがと、青年は訝《いぶか》しげにあたりを見渡した。狭い部屋には、ベッドのほかに家具らしい家具はなく、むろん、その陰に潜んでいるやもしれぬ人の姿などあろうわけもなかった。

「……気のせいか」

ふっ、と息を吐く青年の視界を、猫の姿がかすめた。青年は、気を取り直し、再びベッドの上の父親に目を落とした。

と、その時だった。

「ご主人様、気を落とさないで」

もう一度、今度は前よりはっきりと、同じ声が降ってきた。

「なに……？」

いや、降ってきたのではない。声がしたのは下のほうからだ。それも、すぐ足元からだった。

青年は、おそるおそる声の主を見た。そこにいるのは、心配そうに青年の顔を覗《のぞ》き込みながら、二本足ですっくと立っている猫の姿であった。

「き、君は、いったい……」

「僕はご主人様の召使い。必ずや、ご主人様に幸せを運んでくるよ」

そう言って艶《あで》やかに微笑む猫の姿を、青年はまじまじと見つめた。しなやかな姿態は、かすかに女のような媚《こ》びを含んではいたが、猫は自分のことを「僕」と呼ぶと、少年のようにきりりと眦《まなじり》を引き結んだのだった。しかも、あろうことか、二本足で立ち上がって。

「驚くのも無理はないけど。でも、今はそんなこと言ってる時じゃない。ご主人様、僕に長靴を一足つくってください。それから、袋を一つちょうだい。そうしてくれれば、僕はきっとご主人様の役に立つよ」

猫は、青年の訝しげなまなざしに、ひるみもせずにそう言い放つと、長い髭《ひげ》を前足でピンとはじいた。

「なんてことだ。僕は夢を見てるのか」

呆然《ぼうぜん》と見つめ返すだけの青年に、猫はしびれを切らしたように、うしろ手に身をくねらせている。

「だけど……たとえ、これが夢だとしても、こいつに賭《か》けてみるのも悪くないかもしれない。だって、僕にはもう失うものなど何もないんだから」

青年は、ひとしきりつぶやいたあと、よし！　とうなずいて立ち上がった。

◇奇跡を起こさせた「野ウサギの山」

そのころ、ある王がこの国を治めていた。王は野ウサギが大好物であったが、野ウサギは、すばしっこいうえに臆病《おくびょう》で、狩人が近づくとすぐに逃げてしまうため、猟がうまくいかず、なかなか口にすることができずにいた。

猫は、そのことを知っていた。

猫は青年から袋と長靴をもらうと、袋に麦をいっぱいに詰め、その口を紐《ひも》で結《ゆ》わえると、長靴を器用にはきこなして、さっそうと森へ出かけて行った。

森の奥深くへと分け入った猫は、袋を開け、中の麦が見えるようにして、紐が草の間に隠れるように細工をした。そして、紐の先を持ったまま茂みのうしろへ回ると、息を潜めて獲物が現れるのを待った。

やがて、野ウサギがやってきた。

野ウサギは、茂みの中に麦を見つけると、まだ世間の恐ろしさを知らない小娘のようにピョンピョン飛び跳《は》ねて、袋の中へと入って行く。

一羽、また一羽と、野ウサギが袋の中に飛び込むのを見届けていた猫は、やがて、勢いをつけてグッと紐を引っ張った。

ギャン！　という切なげな声が漏れる袋の中を見もせずに、猫は袋の上から野ウサギの首のありかを探る。

「かわいそうな野ウサギちゃん。世間の掟《おきて》を、何もご存じないね」

そう歌うようにつぶやくと、猫は、うっすら微笑みを浮かべながら、ひと思いにその手をひねった。

「ギャッ……」

野ウサギの断末魔を満足げに聞き届けた猫は、しなやかなしぐさで、次の野ウサギへと手を滑らせた。


猫は、まっすぐに王のいる城へと向かった。

大きな門の前にすっくと立ち、躊躇《ちゅうちょ》することなく中に入ろうとする猫に、番兵の声がピシャリと飛んだ。

「おい！　止まれ！」

「何だ、おまえは」

両脇から不審そうに自分を見下ろす番兵たちにひるむことなく、

「王様のところへ参ります」

と、猫はさらりと答えた。

「何だとォ？　猫の分際で。こいつ、酔っ払ってるんじゃないのか」

「だいいち、何で猫がしゃべるんだ」

「しゃべるだけじゃない、こいつ、二本足で立ってやがる。しかも、これ……」

「長靴――？」

番兵らが口々に騒ぎ立てるのに、猫は相変わらずひるむ様子も見せず、

「はい、長靴をはいた猫にございます」

と言うと、艶《あで》やかに微笑んだ。

番兵たちは、しばし当惑げに顔を見合わせていたが、やがて、

「まあ、いいか」

「王様はいつも退屈しておられるからな。こいつのことを、案外お喜びになるやもしれぬ」

と、いつしか話がまとまった。

ぐるりと大きな体を猫に向けた番兵は、再び苦虫を嚙みつぶしたような顔を繕《つくろ》って

から、

「行け」

と言って、門を顎《あご》でしゃくった。

「なに、長靴をはいた猫とな？」

王は、ふっさりとした髭《ひげ》の奥に埋もれた唇をわずかに吊《つ》り上げると、ゆっくりと顔を上げてつぶやいた。

ハッ、とかしこまって頭を下げる従者に向かって、目で、通せ、と合図する。

神妙な身のこなしで退出する従者を見もせずに、王はかすかに笑みを浮かべた。

「もう、何十年もなかったことよの。何かが起こるというのが。何か変わったことが……」

誰にともなくそうつぶやいた王の瞳の奥に、鈍い光が灯る。王は、深く息をつくと、シャリシャリと衣擦《きぬず》れの音をさせて、大儀そうに重い体を揺らした。

「申し上げます。長靴をはいた猫にございます」

従者の声に、王は、再びゆるゆると頭を上げる。そしてホウ、と短く息を吐いた。

小さな体。見るからに敏捷《びんしょう》そうな、しなやかな四肢。わずかに体をくねらせるたびに、濡れたような毛並みに光の帯が走る。そして、その足先でひときわ輝いているのは――まごうことなき長靴であった。

猫は王の前に進み出ると、うやうやしくお辞儀をして言った。

「突然の訪問にもかかわりませず、謁見《えっけん》の栄を賜りまして、ありがたき幸せに存じます。王様には、まことにご機嫌うるわしく……」

おおッ……と、まわりから感嘆の声が漏れた。猫がしゃべった！　しかも、完璧な礼儀にのっとった、きちんとした挨拶《あいさつ》を！

猫はやや得意げに髭をピンと張ると、

「私の主人、カラバ侯爵《こうしゃく》から、王様への献上品を持って参りました」

と言って、傍らの袋を前に押しやり、袋の口を開けた。

中から出てきたのは、まるまると太った野ウサギの山。王は、今度こそ大きく目を見開くと、そわそわと上体を揺らし始めた。

「なんと立派な野ウサギよの！　これをおまえの主人が？」

「はい。王様は野ウサギが格別にお好きとお伺《うかが》いしておりましたので、罠《わな》をしかけて捕らえましてございます。王様には、くれぐれもよろしくお伝えするようにとのことでございました」

「おお、おお、何ということじゃ！　これ、誰か！」

王のひと声に、ハッとたちまち従者が前に進み出た。

「この者を宝物庫に連れて行き、持てるだけの金貨をその袋に詰めてつかわせ」

王は、弾んだ声でそう命じると、再び猫へと向き直り、

「おまえの主人に、余の感謝の気持ちを伝えてほしい。よいな」

と、顔をほころばせて言った。猫は、小さな胸をぐんと反《そ》らすと、

「かしこまりましてございます」

と言って、騎士の作法にのっとったお辞儀を披露した。

次の日も、また次の日も、猫は長靴をはいて出かけていくと、猟に出て獲物を捕らえ、王のもとへと献上に行った。そして、そのたびに、持ちきれないほどの金貨を持って帰ってきた。

青年は、当惑しながらも、この変化を喜んだ。金持ちになったことはもちろんうれ

しかったが、何より青年の心を弾ませたのは、そんな奇跡を起こさせた猫の機知と才覚であった。

（僕らはもう、みそっかすじゃない）

青年は、溢《あふ》れ出る思いを味わうように、何度も何度もその言葉を心の中で転がした。長男には粉ひき小屋、次男にはロバ、自分には猫……。何の価値もない、それこそゴミ同然としてあてがわれた父親の遺産が、実際にはいちばん貴重で素晴らしいものであったという事実は、青年にとって格別のものであった。

「僕らはもう、みそっかすじゃない。そうだよね」

そう誰にともなく話しかける青年の唇には、猫がいつも自分を見上げる時の、うっとりしたような笑みが浮かぶのであった。

かくして、三月《みつき》が過ぎた。

すっかり王の心に入り込んだ猫は、自由に城内を歩き回ることはもちろん、まるで小姓《こしょう》のように、王に近しく接することが許されるようになった。

ある時、猫は、耳寄りな情報をキャッチする。それは、王が王女とともに湖まで散歩に出かけるというものだった。

「ご主人様、いいですか。これから僕の言うことをよく聞いて。これから僕と湖に行って、水浴びをしてください」

突然の猫の言葉に、青年は面食らって目を見開いた。

「いったい、どうしたっていうんだ？」

「もう時間がありません。早く！」

猫に急《せ》かされるまま、青年は家を飛び出した。

◆美しい青年に目を熱く潤ませる王女

その日は、雲一つない青空だった。

湖に着くと、猫は青年に真っ裸になって湖に飛び込むよう指示した。

青年が当惑しながらも言われた通りにするのを見届けた猫は、今度は、素早い動作で、青年が着ていた洋服をどこかへ隠してしまった。

その時だった。

ザッ、ザッ、という土音がしたかと思うと、間もなく、王の一行がその仰々《ぎょうぎょう》しい姿を現した。猫は今だとばかりに、スーッと大きく息を吸うと、

「大変だ！　カラバ侯爵様が溺《おぼ》れておられる！」

そう叫んで、まろぶように、王を乗せた馬車の前に駆け寄った。

王の従者で、長靴をはいた猫のことを知らない者はいない。馬車はすぐに止められ、まもなく王が馬車の窓からのっそりと顔を出した。

「おお、おまえは。いったい、どうしたというのじゃ」

「王様！　お助けくださいませ！　カラバ侯爵様が、あそこで溺れて……」

猫の悲痛な声に心を動かした王は、すぐに従者を呼ぶと、カラバ侯爵を助けるように命じた。猫はさらに眉根《まゆね》を寄せると、切ない声を振り絞り、

「実は王様、ご主人様が溺れている間に盗賊が現れ、岸に脱ぎ捨ててあった服を奪って逃げてしまったのです」

と言って、無念そうにギュッと目をつぶった。

「なんと、それはお気の毒な」

王は何の疑いも持たずに再び従者を呼ぶと、衣装係に、城へ戻っていちばん立派な服を持ってこさせるようにと命じたのだった。

衣装係に二人がかりで衣装を着せられながら、青年は照れたような素振りで猫を見

て笑った。猫はそれに応えて、うれしげに目元をほころばせた。

衣装係が役目を終えて下がると、猫は青年に近づいて言った。

「ぼくの思った通りだ。誰よりもお美しい、カラバ侯爵様」

（え、……なんだって）

猫の思わぬ言葉に当惑して首をかしげる青年にかまわず、湖のほとりへ、ともに連れだって行った。

「ほら、水面《みなも》に映してご覧なさい」

言われるままに水面を覗き込んだ青年は、思わずアッと声を漏らして立ちつくした。

涼やかな目元、品よく通った鼻筋、形のよい唇。まだ乾ききらぬ金髪がハラリとかかり、その造作を半ば隠してはいたが、それは、どう見まごうても粉ひき屋の息子とは信じられぬ、瑞々《みずみず》しい美青年の姿が映っている。

しかも、すらりと伸びた長身を包んでいるのは、王の城から持ってきたという、豪《ごう》奢《しゃ》極まりない衣装。

「カラバ侯爵様」

猫の声に、青年は振り向いた。

「参りましょう。王様がお呼びです」

猫に促されるまま歩き始めた青年の背は、誰に教わったわけでもないのに、いつしかピンと伸びていた。

カラバ侯爵。それが今日から自分の名なのだと青年は思った。思った途端、それが現実としてストンと降りてくるのを、青年は確かに感じていた。

「おお、これはこれは」

カラバ侯爵を見た王は、すっかり頬を緩めて両手を開いた。

「いつも従者殿からけっこうな頂戴物《ちょうだいもの》、うれしゅう思うておりましたぞ」

「……恐れ入りましてございます」

「さ、紹介しよう。これは余の大切な娘。ささ、王女よ、これへ」

言われて前に進み出たのは、年のころは十七、八の、花のような乙女。

「このお方がカラバ侯爵殿じゃ」

王の言葉を受けて、王女は作法にのっとって礼をした。そうして、ゆっくりと顔を上げた時……。

「あ……」

王女の顔色がバラ色に染まるのを、猫は見逃さなかった。

「初めまして。カラバと申します」

カラバ侯爵はそう言って王女を見つめた。王女は目元を熱く潤ませると、眩《まぶ》しげに二、三度瞬《まばた》きをして、会釈を返した。

王は、しばらくそのやりとりを満足げに見ていたが、やがて、

「さ、せっかくのよい天気じゃ。散策を続けようではないか。カラバ侯爵、さ、どうぞ、われらの馬車へ」

と言うと、二人を促した。

◈魔法使いの怨念《おんねん》の唸《うな》り

猫は一目散に走っていた。

（さあ、ここからが勝負だ。急げ！　カラバ侯爵のために！）

猫の脳裏を、青年の端正な顔がよぎる。高貴な生まれと、誰一人疑う者としていないであろう青年の勇姿は、猫が想像していた以上のものだった。

すすけた服と張りのない表情。自信を失って遠慮がちに丸められた背中に、いつも

伏せられた目……。粉ひき屋の三男としてパッとしない人生を送っていた時には、それが当たり前であるかのように青年から醸《かも》し出されていた重い雰囲気。

それがどうだろう！　品位と、自信と、高貴さが、貴《とうと》いオーラのようにまとわりついているさっきの姿といったら！

猫は、自慢げに口元を吊り上げ、一面の野原へと駆け込んでいった。

野原では、百人を超える百姓たちが牧草を刈っていた。

「これ、おまえたち！」

猫は、よく通る声で叫んだ。

「この牧草地はいったい誰のものだい？」

猫が尋ねると、一人が答えた。

「魔法使い様のものですが」

なるほど、と猫はうなずくと、胸をピンと張ってこう言った。

「これから、ここを王様がお通りになる。王様がこの牧草地は誰のものかとお尋ねになったら、おまえたちはこう答えるんだ。カラバ侯爵様のものです、と」

猫の唐突な言葉に、人々の間からざわめきが漏れた。無理な話だと思いながらも、長靴をはいた奇妙な猫を不審がる気持ちもあって、どうも無下《むげ》に断るわけにもいかないと、百姓たちは口々にさんざめいた。

「もしおまえたちが言う通りにしなかったら！」

鋭い口調で、猫は続けた。その語気の荒さに、百姓たちは思わず手を止めて猫を見つめた。

猫は、人々の視線が集まったことを確認すると、ニヤリ、と口の端をひきつらせた。

ひッ！　と、誰かの息を呑む気配が野原を走る。

「おまえたちは全員、挽肉《ひきにく》のように細切《こまぎ》れにされてしまうだろう……」

シーンと空気が止まった。誰も口をきく者はいなかった。

猫はそれを見届けると、だっと体を翻《ひるがえ》して、再びものすごい勢いで走り出した。

次に猫が目指して走ったのは麦畑だった。麦畑では、二百人以上の百姓たちが麦を刈っていた。

「これ、おまえたち！」

猫はよく通る声で叫んだ。

「この麦畑は、いったい誰のものだい？」

「魔法使い様のものですが」

一人がそう答えると、猫はいささかもったいぶった口調で言った。

「これから、ここを王様がお通りになる。王様がこの麦畑は誰のものかとお尋ねになったら、おまえたちはこう答えるんだ。カラバ侯爵様のものです、と」

途端にどよめき始めた百姓たちに向かって、猫は同じように声を張り上げた。

「もしおまえたちが言う通りにしなかったら！」

ピシッ、と音にならない音を立てて空気が凍る。猫はそれを確認すると、三日月のように微笑んで、赤い舌をチロリと出した。

「おまえたちは全員、挽肉のように細切れにされてしまうだろう……」

呪いの言葉が人々の心に刻印されたのを見届けると、猫は再び駆け出した。

次にやってきたのは、うっそうとした森だった。森では、三百人を超える人々が樫《かし》の大木を切り倒し、薪《まき》をつくっていた。

「これ、おまえたち！」

猫が叫ぶと、人々は手を止めてこちらを振り返った。

「この森は、いったい誰のものだい？」

「魔法使い様のものですが」

一人がそう答えると、猫はスーッと息を吐き、声をひそめて言った。

「これから、ここを王様がお通りになる。王様がこの森は誰のものかとお尋ねになったら、おまえたちはこう答えるんだ。カラバ侯爵様のものです、と」

たちまち、口々にざわめきが漏れて、木々の梢《こずえ》を揺らした。

「もしおまえたちが言う通りにしなかったら！」

突然猫が張り上げた声に、人々はビクン！　と身を固くした。猫は、ひと呼吸おいてから、森の木霊《こだま》に溶けるようにゆるゆると微笑んで、黄色い目をキラリと光らせて言った。

「おまえたちは全員、挽肉のように細切れにされてしまうだろう……」

猫が最後にたどり着いたのは、豪奢な城の前だった。

空は、いつしか一面の雲を湛《たた》えていた。

昼だというのに、ほんの少し先の小石すら見定めることができないほど、時ならぬ闇は世界のすべてを覆っていた。猫は髭をかすかに蠢《うごめ》かせた。たちまち全身の毛がザワッと逆立った。

「何者だ」

どこからともなく声が降ってきた。抑揚のない、嗄《しやが》れた声だった。猫は、瞳孔《どうこう》を開いた目を素早く左右に走らせると、注意深くこう言った。

「たまたま近くを通りかかりました、ただの仔猫《こねこ》にございます。かの有名な魔法使い様のお屋敷があると聞き、ぜひご挨拶申し上げたいと思い、馳《は》せ参じました」

チリチリと焼けるような妖気《ようき》が肌を刺してくる。わずかな間も気の遠くなるような長さに感じられるものだと、猫がそっとひとりごちた時だった。

「入れ」

唸《うな》るような声がして、ギギ……と音を立てて門が開いた。

気配に誘導されるようにして、猫はだだっ広い屋敷の中を奥へ奥へと進んだ。誰一人として出会う者はいない。時折、フッと話し声が耳をかすめてきたり、巨大な黒い影が猫のそばを通り過ぎたりするだけだった。

やがて、大きな扉の前で気配は止まった。

（ここか）

猫は、フーッと息を吐くと、扉をノックしようとした。が、それより先に、扉はゆっくりと開き始めたのだった。

「よく来たな。命知らずの猫殿じゃ」

さきほどの声だった。猫はハッとかしこまると、うやうやしくお辞儀をした。

「お会いできまして、光栄に存じます」

深々と下げた頭を起こすと、猫はうっすら微笑んだ。逆立っていた毛は、いつしか整えられ、濡れたような輝きを取り戻していた。

「ほう、なんとも愛らしい仔猫殿じゃの」

部屋の奥で、小山のような影がゆらゆらと揺れた。敵の興味が自分に注がれたことを、猫は密かに確信した。

猫は、黄色い目に好奇の光をいっぱいに宿し、声を弾ませてこう言った。

「魔法使い様のお噂、かねがね承っておりました。何でも、ご自分の思うままに、どのような動物にでも姿を変えることがおできになるとか。もしそれが本当ならば、なんと素晴らしいお力でありましょう！」

またしてもグラリと小山のような黒い影が揺れた。

「もし本当ならば、じゃと？　ならば、おまえは、わしの力を疑ってでもおるのか？」

言葉とは裏腹に、おもしろくてたまらないといった風情《ふぜい》で魔法使いは言った。

「滅相《めっそう》もございません！」

猫は切なげにそう叫ぶと、失礼がありましたらごめんなさい、と言って両手を揉《も》みしだいた。

「ただ……」

「ただ、なんじゃ」

「犬や狐《きつね》や狼《おおかみ》などに姿を変えるということならば、なるほどと思うのですが、これがたとえば、象などということになったら……」

ふおっ、ふおっ、ふおっと、地鳴りのような声をあげて魔法使いは笑った。

「そのようなこと、造作《ぞうさ》もないことだ。見せてやろう」

言うが早いか、たちまちボン！　という衝撃が部屋を揺るがした。どこからともなく立ち込めた白煙で視界がかすむ。猫が軽く咳《せき》込んで、目をしばたたいた時だった。

パオオオン！　と高らかに鳴いて、大きな象が得意げに鼻を振り上げた。

「ああッ、なんてこと！」

猫が大仰《おおぎょう》に驚いて見せるのに満足したのだろう、魔法使いは再び白煙を撒《ま》いて姿を元に戻した。

「どうじゃ、信じる気になったか」

「は、はい！　なんと素晴らしいお力でありましょう！」

猫は目を爛々《らんらん》と輝かせて、しなやかな動作で魔法使いにつと歩み寄った。む、と魔法使いがそれを見据えると、

「ごめんなさい、あまりに素晴らしい魔法だったので、つい……」

興奮のあまり歩み寄ってしまいましたと言わんばかりの猫の様子に、魔法使いはまんざらでもないように影を揺らした。

「あの、ほかには……たとえば、ライオンなどにも姿を変えることはできるのですか？」

「無論。どれ！」

気をよくした魔法使いは、二つ返事で再び、ボン！　とにぶい音を立てると、たちまちライオンの姿になって部屋の中をのし歩いて見せる。

「ああッ、素晴らしい！　なんと見事なお姿！」

猫は頰を紅潮させてそう叫ぶと、勇気を振り絞ってライオンに駆け寄った。称賛の極致、と言わんばかりのまなざしで見つめる猫に満足したのか、魔法使いは、姿を元に戻すと、やや親しげに言った。

「どうじゃ、わしの力がわかったか？」

語尾にいくらか甘い抑揚が混じり始めたことを見てとった猫は、さらに目を潤ませて魔法使いににじり寄った。

「本当に、本当に感動の極みにございます。なんと素晴らしい魔法使い様なんでしょう！」

言い終えるが早いか、猫の皮膚を、温かい風が、ふわりと舐《な》めるように通り過ぎた。風は、黒い影になって部屋を一巡すると、魔法使いの影に吞み込まれるようにして消えた。

猫は、ゴクリと唾《つば》を吞み込むと、上目遣《うわめづか》いに魔法使いを見た。

「あの、魔法使い様……」

「なんじゃ」

すっかり打ち解けた体《てい》で魔法使いは言った。猫に気を許したのだろうか、黒い小山は、いつしか人の姿をとり始めている。

「もちろん、無理なら無理でけっこうなのですが、今度は逆に、ものすごく小さい動物に姿を変えることなど……」

「わしの力で無理なことなどあろうはずがない」

すでに磊落《らいらく》なまでの口調で答える魔法使いに、猫はさらに姿態をくねらせ、

「でも、いくらなんでも、ネズミになんて姿を変えることはできないでしょう?」

そう言って艶やかに微笑んだ。

「なに、わけもないことよ!」

魔法使いはそう言うや否や、ボン!　と音を立てて、白煙の中に消えた。

小さく咳《せ》き込む猫の視界に現れたのは　チュウチュウとひよわな声をあげ、足元を駆け回るネズミの姿であった。

「おお!」

猫はさも感動したように駆け寄ると、両手でそっとネズミを抱き上げた。

「なんと愛らしいお姿でしょう!」

そう言って、猫はネズミの背に頬ずりをした。ネズミは、猫の手から逃げるどころ

か、それを悦《よろこ》ぶかのように首をすくませる。

その時であった。

猫はすばやい動作でネズミをギュッとつかむと、そのままパクリと呑み込んでしまった。

すると、たちまちゴオオオン……という地鳴りのような音が響きわたり、城がグラグラと揺れ始めた。

猫は、ワッと叫ぶと、思わずその場に尻もちをついた。部屋といわず、廊下といわず、城中に立ち込めていた黒煙が凄まじい勢いで渦巻き、やがてつむじ風となって、猫の周囲をグルグルと回り始めたのだった。

（惑わされるな！　これは幻覚だ）

猫はギュッと目をつぶった。ゴオオン、ゴオオオンという怨念《おんねん》のような唸りが、猫の肌を刺し、毛をむしり取り、頬を打ち続ける。それにもめげず、猫はひたすら耐え、そして待った。

どれほどの時が経っただろうか。

気がつくと、地鳴りは消え、あたりは静寂に充《み》ちていた。猫はうっすら目を開けた。

そして、

「あッ！」

思わず声をあげていた。猫の視界に広がったのは、贅《ぜい》を凝らした調度と、惜しげもなくちりばめられた豪奢な宝石でしつらえられた、眩《まばゆ》いばかりの宮殿だった。

◇何もせずして手に入れた富と名誉

青年は酔っていた。王女の体からそこはかとなく立ち込めてくるよい香りが、いつしか青年を夢現《ゆめうつつ》の境地へと誘っていた。

馬車の心地よい揺れに身を任せながら、すぐ近くに座っている乙女の風情《ふぜい》に、青年は生まれて初めての陶酔を感じていた。

話の折に、ふと香りのほうへと目をやると、まるでそれまで自分を見つめていたかのような熱い瞳を、王女は豊かな睫毛《まつげ》で覆ってしまうのだった。

馬車は、いつしか広大な牧草地へと差しかかった。

「おお、なんと豊かな牧草地よ」

王は、小さく感嘆すると、従者に申しつけて馬車を止めさせ、窓から一人の百姓に声をかけた。

「これ、そこの者」

はっ、とかしこまる男に、王は言った。

「この牧草地は誰のものかな」

百姓はただちに答えた。

「カラバ侯爵様のものにございます」

ほう、と王は声を漏らし、青年に向き直って言った。

「なんと立派な土地をお持ちですな」

青年は典雅に微笑むと、

「この土地は、毎年必ず、豊かな草を生い茂らせてくれます」

と歌うように言った。

やがて馬車は、広大な麦畑に差しかかった。

「なんと見事な麦畑よ」

王は、またしても馬車を止めると、窓から声をかけた。

「そこの者、この麦畑は誰のものかな」

男はただちに答えた。

「カラバ侯爵様のものにございます」

「なんと！　またしても、侯爵殿の領地か」

青年はうっとりと微笑むと、

「この畑は、毎年必ず、豊かな穂を実らせてくれます」

と答えた。

馬車はさらに、うっそうとした森へと分け入った。

「立派な樫が茂っておるわ。これ、そこの者」

王は窓から顔を出すと、大勢のきこりたちに声をかけた。

「この森は誰のものかな」

きこりたちは声をそろえて言った。

「カラバ侯爵様のものにございます」

王は感心したように首をかすかに振ると、青年に向き直って言った。

「侯爵殿の領地は、まさしく広大ですな」

「この森からは、毎年必ず、十分すぎるほどの薪が取れます」

青年は、そう言うと、涼やかな目元をほころばせた。

やがて、馬車は豪奢な宮殿の前へたどり着いた。屋根の上高く、天を突くように聳《そび》え立つ尖塔《せんとう》を、王がさも驚嘆したように見上げていると、宮殿の中から長靴をはいた猫が飛び出してきた。猫は王の前で両のかかとをそろえて言った。

「王様、カラバ侯爵様のお城に、ようこそおいでくださいました！」

「なんと！　それではこの宮殿も、カラバ侯爵のものとな？」

「はい！　ただいま、中をご案内いたします。さ、こちらへ」

うやうやしく促《うなが》す猫のあとに続いて、王と王女、そして青年は、宮殿の中へと足を踏み入れた。

見渡す限りびっしりと黄金が敷きつめられた床。壁に、階段の手すりに、天井にと、帯のようにはめ込まれた色鮮やかな宝石――。王は、豊かな髭に覆われた口をぽっかりと開けたまま、猫に案内されるままに長い廊下を延々と歩き続けた。

「なんと、このような凄《すご》いお方であったとは」

王が時折、感嘆の声を漏らすたびに、猫は満足げに髭をピンと立てた。

ちら、と王女に目をやると、バラ色の頬をいっそう赤く染めながら、眩いばかりの宮殿と、隣を歩く太陽のような美青年とを、そわそわと見比べている。

猫はますます得意になって、一行を奥の広間へと誘導した。高い天井を仰いで、豪奢な調度で埋め尽くされた部屋の中央には、酒肴《しゅこう》の用意をほどこした大理石のテーブルがしつらえられていた。

「侯爵様からの、心ばかりのおもてなしでございます」

猫は高らかにそう言うと、王に酒をすすめた。

ずっしりと重い金のグラスに芳醇《ほうじゅん》な酒が注がれていくさまを、王女はうっとりと見つめていた。

「カラバ侯爵」

二度、三度と盃《さかずき》を干した王は、早くも赤く染まり始めた目元を隠しもせずに言った。

「どうだろう。もしよろしければ、この娘と婚礼を挙げ、わしの婿《むこ》になってはくださらぬか」

青年の胸を、その時、何かが突き抜けた。王女の、猫の——すべての視線が自分に注がれていることを痛いほど感じながら、グラリと揺れていく世界を、現実を、時空を、青年はゆっくりと受け止めていた。

粉ひき小屋の片隅で、膝を抱えて震えていたほんの数ヵ月前までの記憶が、ちらりと掠《かす》めては消えた。あれが昨日までの自分の姿なのか、誰か別の男の記憶なのか、それすらも定かでなくなるような甘やかな混乱が、青年の意識をすっぽりと覆っていた。

まるで、それが新たなゆりかごであるかのように。深く立ち込める霧のようなカオスの中から、もう一度、自分が生まれ直しでもするかのように。

青年は――カラバ侯爵は、ゆっくり顔を上げると、王の顔をまっすぐに見据えて答えた。

「光栄にございます」

視界の端で王女の瞳にキラリと光るものが宿るのを、カラバ侯爵は見逃さなかった。そして、その横で誇らしげに胸を反らせる猫の黄色い目にうっすらと溢れ始めた泉を見届けた時、滑らかな毛並みの感触が、ふいに指先に甦《よみがえ》った。

ニャア、と鳴いて自分の腕に絡みついてきた猫の姿態が、日溜まりの中でじゃれ合うように、肌を、手足を触れ合わせた午後の記憶が、光のシャワーのようにカラバ侯爵の体を包み込んだ。

ズキン、と胸が軋《きし》むように鳴った。

しかし、心臓の片隅に小さな針が突き刺さったようなその痛みの理由を、カラバ侯爵はついに探り当てることができなかった。

その後、数年が経って、王が崩御《ほうぎょ》すると、カラバ侯爵は王位を継承する。長靴をはいた猫は、その後も新王のために身を挺《てい》して尽力し、ついには総理大臣の職に就いたのだった。

■初版『グリム童話』の読み方――長靴をはいた猫■

猫の正体は……男でありながら女性性を内に宿す美少年だった⁉

『長靴をはいた猫』は、知恵と機転に富んだ牡猫《おすねこ》の冒険譚《ぼうけんたん》である――そう思っておられる方はきわめて多いことでしょう。

では、訊《き》きます。なぜ、猫なのか。なぜ、ネズミや鳥や馬であってはいけなかったのか。

そのわけを繙《ひもと》くためには、当時のヨーロッパ社会において、猫がどのような存在であったのかを知る必要があります。

『長靴をはいた猫』を初めて世に送り出したのは、一六九五年、フランスのシャルル＝ペローでした（その後、グリム兄弟が一八一二年初版の『童話集』に収めますが、本来ペローのものであるとして、第二版以降は省かれています）。

古来フランスでは、猫は邪悪の象徴であり、性的魅力でもって男性を惑わす女性の象徴でもありました（ちなみに、現在でも仏語では「牝猫《めすねこ》」という言葉が女性器の暗喩《あんゆ》となっています)。

十六世紀には、聖ヨハネの祝日に、パリのシャトレ広場で、邪悪なる猫どもを生きたまま焼き殺す習慣があったといいます。


この物語の猫は、牡ということになっています。でも、役割としては完全に女であるといってよいでしょう。邪悪、かつ男を惑わす官能の象徴として虐《しいた》げられていた猫である限り、その存在意義は女性性にあるはずですから。

よって、この『長靴をはいた猫』の猫には、男でありながら女性性を自らの内に宿す「美少年」の役割が課せられているのです。

「美少年」は、愛する主人のため、官能と機知と残酷さを武器に、一国の王をいともたやすく手玉に取ったうえ、あまつさえ暗黒世界の王・魔法使いをも自在に操り、果ては食い殺してしまう。

この弱者が強者を凌駕《りょうが》するという小気味のいい展開が、物語を構成する重要な軸になっているわけですが、十七世紀当時、太陽王ルイ十四世の絶対王政に苦しむ庶民にとって、これが単なる冒険譚の域をはるかに超えた奇跡のサクセス・ストーリーとして捉《とら》えられたことは想像に難くありません。

また、魔法使いが最後に姿を変えるネズミは、猫を女性の性的魅力と解した場合、男性の性的魅力の象徴として並び称されます。

よって、きわめて躍動的な物語の見せ場として知られる猫と魔法使いのバトルのシーンは、実際には、女性性と男性性の対決、すなわち一種の性的行為であったという読みが成立するのです（ちなみに、猫にくびり殺されてしまう野ウサギは、気弱で無知な処女の象徴であることをつけ加えておきます）。


また、もう一つ、この物語で暗に語られているのは、「名前の無効性」です。

当時のフランス社会では「侯爵」の称号が悪用され、はったり勝負でサクセスの階段を上ろうとする輩《やから》があとを絶たなかったといいます。

ペローはそれに着眼し、「どうせ名前などいい加減なものなんだから、見かけさえ整えれば、実体なんてあとからついてくる」ことを強調したのだという説があるのは、そのような時代背景を受けてのことでしょう。

事実、一六九七年に送り出された第二版には、初版にはない記述が加筆されています。「カラバ伯爵が二、三度、少しだけ愛情のこもったまなざしを投げかけただけで、王女は熱烈に恋するようになりました」というのがそれです。「侯爵」と「伯爵」という二つの爵位混在の真意については諸説あります。

一つは、単なる書き間違いというもの。

そして、もう一つは、名前の無効性を強調するために、あえて混在させたのではないかというものです。特に、恋の熱病に浮かされた王女の目線に降りてみれば、「若くてハンサムな青年」という「見かけ」さえ整っていれば、その名前に付く称号が、侯爵だろうが伯爵だろうが、いっこうにかまわないという「名前の無効性」が、いよいよ際立ってくるのではないでしょうか。

「カラバ侯爵」という、いかにもインチキ臭い（？）国籍不明の響きは、してみると、名前の無効性を唱えるために、ペローがあえて選んだのかもしれません。

IV

わがままな子ども

Von einem eigensinnigen Kinde

「オギャァ」

初めて聞く生まれたての赤ん坊の産声《うぶごえ》に、笑みをたたえて感嘆の声をあげたのは、今はもう昔だと、親はため息をついた。思い起こせば、懐かしさはきりがなかった。

なかなか子どもに恵まれず、やっと生まれた初めての男の子だった。それだけに、両親の喜びようは尋常ではなかった。

育つにしたがって、なんでも子どもの言うがままにした。上等な服を着せ、貧しい食卓ながら、子どもにはいちばんいいところの肉を手ずから食べさせた。かわいくて仕方がなかった。

だが、そんなささやかな家庭の幸福も長くは続かなかった。大きくなるにつれ、目に余るいたずらをするようになった。子どものつぶらな瞳には、邪悪な影さえ宿るようになった。

そのことに最初に気づいたのは、腹を痛めた母親だった。

いくら言い聞かせても、母親の言葉に耳を貸そうともしない。

フンと鼻を鳴らして、そっぽを向くのだった。

声を荒らげてみても、

「うるせぇなぁ」

と、甲高い声で母親を怒鳴りつける。

家の手伝いなどはしたことがない。わがままのし放題。それどころか、近所の子どもたちに腕力をふるって泣かせるし、隣家の台所に忍び込んではパンや肉を盗み出す。いたずらは数限りない。隣近所からは絶えず苦情がきた。

◘ネズミのはりつけ遊び

その上、少年は残酷な遊びが好きだった。カエルや虫を捕まえてきては切り刻む。切り裂いたカエルの足や頭を枝に突き刺しては、小さい子どもたちを怖がらせる。

ある時、少年は小さな枝でつくった十字架に野ネズミを縛りつけた。「キリスト様のはりつけごっこだ」と言って、細い枝の先を削って槍《やり》に見立てて暴れる野ネズミを押さえつけ、串刺しにする。ネズミは苦しがってキイキイわめく。すると、少年は、いっそう楽しげに刺した槍をグリグリと回し、ネズミの苦痛を引き出すのに夢中になった。そして、ついにネズミの息が絶えてしまうと、十字架ごとネズミを持って、近所の女の子を追い回す。

「いやぁ！　やめてよ！」

女の子の髪の毛をつかんで引き倒し、

「さあ、ネズミのキリスト様の血と肉をいただくんだ」

と、いやがる女の子の口を無理やり押し開き、ネズミの血に濡れた死骸《しがい》をちぎっては詰める。

泣き叫ぶ少女の声に、駆けつけた大人たちが二人を引き離し、少年を怒鳴りつけた。

「なんてことをしやがる！　とんでもないガキだ！」

「なんだ、この十字架は！　神様を穢《けが》すような真似をするな！　神罰が下るぞ」

だが、少年はせせら笑った。

「なんだい。教会じゃ、ぶどう酒と平べったいパンがキリスト様の血と肉だ、なんて言ってるじゃないか。あんなの嘘っぱちさ。ぶどう酒とパンが神様の体なもんか。こっちのネズミの肉のほうがよっぽどいいさ。ちゃんと十字架で死んだんだからね」

「こ、この罰《ばち》あたり！」

村人たちが顔を真っ赤にしてこぶしを振り上げた時には、すばしっこい少年は、すでに駆け去った後だった。

「とんでもねぇ奴だ……」

話を聞いた父親も頭をかかえた。だが、どんなに厳しい罰を与えても、息子にはいっこうに効きめがなかった。

「あいつは、すっかり世の中をなめきっちまった。まだ小さいくせに。これじゃ、先行きいいことはない。どうしたらいいんだ」

夫婦は頭を寄せ合って、ため息をついた。

こうして、子どものわがままは、両親の深刻な頭痛の種になった。だが、息子は親の嘆きなど、どこ吹く風だった。

「なんとかして、あいつをまっとうにしなければ」

だが、両親の願いも空《むな》しく、子どもはますます増長した。時には叱りつける母親を蹴《け》りつけたりするほどだった。

その息子が、ある時、急な病に倒れた。

両親は必死で看病した。どんな悪たれ坊主でも、親にとってはかけがえのない一人息子だ。夜を日についでの必死の看病が続いた。だが、息子の容体は悪くなるばかりだった。

「きっと、あまりに行いが悪いから、神様に見放されたんだよ、あの悪魔のような小僧っ子は」

「何の病気かわからないそうじゃないか」

「そうだよ。そこが神様の罰なんだよ」

口さがない村のおかみさんたちは、そう言って噂し合った。

子どもは熱に浮かされ、すでに両親の顔もよくわからず、しきりにうわ言を言っていたが、ある朝、ついに息を引き取った。

母親は号泣した。父親は、子どもの手を握りしめたまま、身じろぎもしなかった。

翌日、しめやかに葬儀が行われた。村人たちが小さな棺《ひつぎ》を村外れの墓地に運んだ。

父親は、涙にくれる母親を支え、あとにつき従った。

墓穴の前で祈りが捧げられ、子どもの亡骸《なきがら》は静かに埋められた。

◆土から生えた人間の腕

異変が起こったのは、その翌日のことだった。

早朝、墓地を通りかかったある農夫が奇妙なものを発見した。

墓石すらない粗末な墓の、まだ柔らかい盛り土の上に、何か白っぽい棒杭《ぼうくい》のようなものが突き出ていた。

いたずら者の悪童が悪さをしたのではないか。農夫は急いで昨日埋葬された少年の墓に駆け寄った。そして目を疑った。

それは棒杭などではなかった。人間の腕がヌッと生えていた。まだ小さい、明らかに子どものものとわかる腕だった。

指先は虚空《こくう》を渡る風をつかむかのように軽く曲げられていた。ところどころに、まだ湿った土がついている。

「た、た、大変だ！」

農夫は、すっかり青くなり、一目散に村へ走った。

村じゅうが大騒ぎになった。

村の主だった長老たちが、連れ立って墓地へ赴《おもむ》いた。確かに、まっすぐ空に向かって、腕が墓の盛り土から生えている。

「おととい死んだ子の腕らしいな」

「なんてこった。もしかしたら、まだ生きてたのかもしれねぇな」

「しっ！　めったなことを言うもんじゃない」

結局のところ、村人たちはどうしていいのかわからなかった。

何より不気味だった。

「ともかく、腕を埋めよう」

「ああ、それがいい」

墓を暴くと、片手を上に上げた形のまま硬直している死骸がみえた。まさに、おとい死んだ少年に違いなかった。村人は恐るおそる、その生白い腕を下ろした。腕は、まるで樹皮を剥《む》かれた白い枝のようだった。下ろした腕を胸の上で組み合わせ、土をかけた。

長老たちは長い祈りを捧げ、足早に墓地をあとにした。

翌朝、また墓に腕が生えた。今度は町へ行商に行こうとした商人が見つけた。

「気味が悪い」

「早く埋めちまえ」

知らせを聞いて駆けつけた両親は、ただ呆然《ぼうぜん》とするばかりだった。寄ってたかって腕を無理やり土の中に埋め込み、上から土をかけた。もう誰も墓を掘り返そうとする者はいなかった。村人たちの顔は恐怖で強《こわ》ばっていた。

腕はようやく土の中に隠れた。村人たちは口々に祈りを唱えた。

「神様、お助けください」

母親は思わず墓の前にひざまずき、長い祈りを捧げた。土の中に埋められた腕は、出てくる気配はなかった。

「行こう、おまえ」

夫に促《うなが》され、立ち上がると、母親は何度も振り返りながら家に戻った。

翌日は何事も起こらなかった。

その翌日も何事も起こらなかった。

「やっとあの子も落ち着いて墓の中で眠ったんだろう」

人々はそう言って胸をなでおろした。

だが、三日目の朝、またしても腕は墓から突き出たのだった。

すでに、死後数日が過ぎたその腕は腐り始めていた。手首の静脈に沿って青黒い筋が浮き出ている。白く頼りなげだった二の腕は、異様にふくらみ始めていた。腐敗ガスがたまり始めたのだろう。

吐き気、嫌悪。何よりおそれ。

もはや、自分たちの手には負えなかった。長老たちは、急遽《きゅうきょ》、教会に使いの者を走らせた。

急を聞いて駆けつけた司祭は、事情を聞くと、十字を切った。

「司祭様、いったい、どうしたらいいんでしょうか」

「ふむ……」

司祭にも名案は浮かばなかった。

「これは、わしごときの出る幕ではない。どうだろう、中央の教会にお伺いを立ててみては？」

一同は一も二もなく賛同した。一刻も早くこの怪現象にケリをつけたかった。

腐敗ガスでふくれ始めた子どもの二の腕は、不気味に蒼白《あおじろ》く、また妙にブヨブヨしていた。誰も触りたがらなかった。仕方なく、子どもの父親が一人で腕を墓に埋め戻した。母親は、気の弱いたちなのか、今にも卒倒しそうな気配だった。

「ともかく、偉い方が来てくださるまで、ここはこのままにしておこう」

司祭の言葉に、皆は一様にうなずき、墓地をあとにした。

◇残酷な唯一の解決法

数日後、国の中心部にある大きな教会から大司教がやってきた。村長は、下にもおかぬ風情で、大司教を厚くもてなした。

「いや、お気遣い無用じゃ。すぐに墓地へ行ってみよう」

「では、私がご案内を」

村の司祭が案内を買って出た。

「頼みますぞ」

大司教は、村の司祭と連れ立って、村はずれの墓地へ向かった。村の主だった者たちもあとに従った。むろん、少年の両親もついていった。

果たして、少年の腕は、また墓から突き出していた。

もはやふくらんではいなかったが、その代わりに腐臭がひどかった。ついに肉が腐り始めたのだ。

その様子を見ると、母親は駆け寄ってその腕をかき抱き、

「ああ、おまえはいつになったら安らかに眠ってくれるんだい。かわいそうなわたしの坊や……」

と泣き崩れた。夫は、なだめるように妻の肩を抱きながら、大司教の前にひざまずいた。

「大司教様、どうかお願いです。この子をお導きください。これは」

と妻を指さし、

「ここ数日、ろくに食もとらず、眠りもしないのです。どうか、お助けください」

大司教は、二人の肩を優しく叩いて言った。

「わが子よ、案ずることはない。神様が必ず導いてくださる」

両親のそばを離れると、大司教は村の司祭を呼んだ。

「この少年はどのような子どもだったのか、包み隠さず教えてほしいのだが……」

村の司祭は、チラリと両親に目をやり、大司教に目配せして歩き出した。

人々から少し離れたところまで来ると、村の司祭はなおも声をひそめながら語り出した。

「この少年は、いわば村の厄介者でした。手のつけられないわがまま者で、村の者たちはだいぶ迷惑していたようです。なかなか子どもに恵まれなかったので、両親が甘やかして育ててしまったようです。噂によると、神を冒瀆《ぼうとく》するような遊びをしていたとか」

「なるほど。では、両親にも反抗的だった、というわけだね」

「はい。まったく言うことを聞かなかったようです」

「ふむ……」

大司教は、短い顎髭《あごひげ》を撫《な》でながら、考えに沈んだ。

「これは、やはり両親の手で決着をつけるしかないようだ」

「と、申されますと？」

「こういう事件は、昔からあるのだよ。親の言うことをまるで聞かず、神をも恐れぬわがままな子どもが死んだ時、やはりこのように腕が生えたという。死んでからも反抗しようというのだろうかね」

「はぁ」

「腕を二度と墓から出さぬようにする方法が、たった一つだけある」

「それは、どうしたら？」

「……子どもの母親を連れてきなさい」

すぐに母親が連れてこられた。大司教は彼女の肩を慈愛を込めて抱いて言った。

「わが子よ。おまえの愛する息子を救うために、わたしの言うことをやってほしい」

「はい、大司教様。それであの子が安らかに眠れるのでしたら……」

「おまえにはつらいことなのだが」

母親は涙に濡れた瞳を上げた。だが、その表情は毅《き》然《ぜん》としていた。

「何でもおっしゃってください。大司教様のおっしゃる通りにいたします」

「よろしい……鞭《むち》を用意しなさい。そして、息子の腕を鞭で打つのだ。腕が自分から土に帰るまで」

母親の顔色は瞬時に蒼白《そうはく》に変わった。

「大司教様、死者を鞭打つなど……」

村の司祭が驚いて異を唱えた。

「いや、これしかあの子を救う道はない」

「……大司教様がおっしゃるなら……」

すぐに村人の一人が村にとって返し、鞭を用意した。母親は震える手で鞭を受け取った。

「恐れることはない。おまえは、息子が生きている時も、息子を叩いたことはないのか?」

「はい、大司教様」

「聖書にも『鞭を加えざる者は、その子を憎むなり』と記されている。息子を真に愛しているなら、鞭で打ってやらねばならない。それが、あの子のためなのだ」

「それが、あの子のため……」

「そうだ」

　ついに母親は息子の墓に向かって歩き始めた。

◈母親の瞳に宿る異様な光

「なんだ、なんだ」

「何が始まるんだ」

　集まった村人たちは、口々に言い合った。少年の父親が妻に駆け寄った。

「どうしたんだ? 鞭なんか持って。いったい、何をするつもりだ」

「大司教様がおっしゃったの。あの子を鞭で打ってやらなければ、あの子は救われないって……」

「バカな！　死んだ子どもを鞭打つなんて」

父親は大司教の元に走った。

「大司教様！　あまりにむごいではありませんか。妻は心の優しい女です。とても、そんな恐ろしいことができるとは思えません」

「親に背《そむ》き、神に背いた生き方をしたこの子が救われるためには、おまえたち両親が子どもに鞭をもって、正しい道に導くしかないのじゃ。それには、その腹を痛め、この子を産んだ母の力が必要なのだ。子どもがかわいいのなら、やるのだ」

大司教は断固として言い放った。その迫力に、父親はぐっと言葉に詰まった。

「あなた、大丈夫よ……私、やります」

「おまえ！」

「この子のためですもの。それに、もう皆さんに迷惑はかけられない。私がやるしかないのです」

母親はまっすぐ息子の墓に進んだ。子どもの腕は泥土にまみれ、腐りかけて変色していた。

強く目をつぶり、一気に鞭を振り下ろす。グシャッと腐肉のつぶれる音がした。

母親は一瞬たじろいだ。鞭を通してくる感触に、本能的な恐怖を感じたのだ。

「続けなさいッ」

大司教の声が響く。

「……はい」

母親は鞭を取り直した。思いきり振り上げ、腕に向かって振り下ろす。

肉が裂ける。

二度、三度と続けて鞭をふるう。村人たちは思わず顔を背《そむ》けた。

ここまでしなければいけないのか。あまりにむごたらしいではないか。

はずみがついたように、母親は鞭をふるい続けた。十、十一、十二……。

死んだ指が、腕が、みるみる肉を削《そ》ぎ落とされていく。

骨が現れた。

それでも、母親は憑《つ》かれたように鞭をふるい続ける。いつしか、母親の瞳には、言いようのない異様な光が宿っていた。

父親は、そんな妻の姿を、半ばあきれ、半ば恐れた。この女は正気を失ったのではないか。

なおも鞭はうなりを止めない。

息子への愛なのか。それとも、もはや憎悪しかないのか。

時間はゆっくりと過ぎた。まだ腕は抵抗するかのように土から突き出ている。

父親は思わずひざまずいて祈った。

（早く、早く終わってくれ。早く土に帰ってくれ……）

涙があふれた。

だが、腕は肉を削ぎ取られながら、まだまっすぐ天を目指すかのように立っている。

村人たちは、もはや目をそらしてはいなかった。いや、目をそらすことができなくなっていた。母親の恐ろしい形相。果てしなく続く鞭の音。すでに皮膚は破れ、肌の下の赤い部分がむき出しになった小さな腕。白い骨と、まだ赤身の残った肉――。

いつしか夕暮れとなった。だが、この奇妙な儀式は終わらなかった。

ようやく母親に疲れが見えてきた。鞭をつかむ指先から血がにじんでいた。

そして夜半。

ついに、腕は抵抗を放棄した。

まるで、それまで張りつめていた弓が糸を切られて落ちるように、腕は力なく地に落ちた。そして、蛇のように這いずり、あっと言う間に見えなくなった。

土に帰ったのだ。

沈黙が周囲を包む。

母親は、しばし鞭を手にしたまま立ち尽くしていた。

最初に動いたのは父親だった。妻に駆け寄り、その体を背後から抱きしめた。

「終わった」

夫の言葉に、妻の気力は萎《な》えた。崩れるように夫の腕に倒れ込んだ。鞭が落ちた。

大司教が、ゆっくりと歩み寄った。

「よくやった。わが子よ」

長い一日が終わった。

その後、少年の墓から腕が生えることは二度となかった。

■初版『グリム童話』の読み方――わがままな子ども■

親の言いつけを守らない子への、伝統的な「制裁」

この不気味な物語は、グリム童話初版から載せられているものです。

しかし、死んだ子どもの腕が墓場から出るという異様なストーリーは、選集に選ばれることもなく、ほとんど知名度はないに等しいのです。もっとも、このような過激な物語が幼児教育に不適当と判断されても仕方がないような気もします。でも、グリム兄弟は、この話を初版以降第七版まで削除しませんでした。多くの残酷な話が、版を重ねるにしたがって、その色合いが穏やかなものに変えられていく中で、この物語は生き残りました。

カール＝ハインツ＝マレによると、この物語は特殊なケースを記録したものでは決してないといいます。

「自分の両親を打つ者の手は、死後、土の中から出てくる」

という古くからの伝承は、実はドイツ固有のものではなく、スイス、オランダ、フランス、スペインなど、広くヨーロッパ各地にあったといわれます。墓から伸びた手が切断されて教会などに保存されているという言い伝えすらあるそうです。

ワグナー歌劇『ニュールンベルクのマイスタージンガー』のモデルとして有名な詩人ハンス＝ザックス（一四九四～一五七六）も、グリムと同様の寓話《ぐうわ》を紹介しています。それによると、墓から突き出た腕は、その母に鞭で十八時間も打たれ、血だらけになって、やっと引っ込んだということです。

キリスト教の伝統に生きるヨーロッパの人々にとって、聖書の教えが絶対であることは言うをまちません。しかし、その中心思想の一つである旧約聖書の掟《おきて》『モーセの律法』は、時に非常に過激です。ふしだらな女は石殺しの刑によってなぶり殺しにされるという掟は、現代でもイスラム文化圏で実行されていますが、古代においてはキリスト教の教えでもあったのです。

そして、キリスト教においては、親の言うことを聞かない子どももまた石殺しにせよ、という掟がありました。このあたりは、現代の感覚ではとても理解できないでしょう。いかに親不孝な子どもでも、寄ってたかって石を投げつけてなぶり殺しにする「石殺しの刑」など、親として到底できないことではないでしょうか。

しかし、古代においては、親の言いつけを聞かない者は、神の前に正しい者ではないとみなされました。そして、神に対する罪を償うために処刑すべきだと考えられたのです。

この物語のもう一つ恐ろしいところは、わがまま放題な子どもが、悔い改める機会も与えられず、病気になって死ぬという点です。原文では、「神様はこの子をお気に召さず、この子を病気にした」と書かれています。

つまり、子どもの死病は、神による仕業《しわざ》なのです。

「しばしば責められてもなお頑《かたくな》なる者は、救われることなくして、にわかに滅されん」

と聖書（箴言《しんげん》29・1）に記された通りです。

子どもは、神の怒りを買い、後悔する間もなく、不治《ふじ》の病で死にます。ほかの物語のように、苦難や試練によってよりよき人間になる機会など、最初から無視されています。

しかも、死んだからといって、魂が救われるわけではありません。なおも子どもは腕を出して反抗するのです。それを最終的に鎮《しず》めるのが、母の鞭です。親の愛に基づく厳しいしつけによってこそ子どもは正しい道に導かれる、という考え方が、この物語のテーマなのです。

ところで、こういった考え方は、いちがいに古代的なものとは言えません。宗教改革で有名なマルティン＝ルター（一四八三～一五四六）もまた、「反抗する子どもは裁判にかけて殺すべきだ」という凄《すさ》まじい書簡を残しています。原文を引用してみましょう。

「……もしもおまえが父母の言うことを聞こうともせず、また素直であろうともしないならば、死刑執行人の言うことを聞け。それがいやなら、拷問台の言うことを聞け。それは死だ」（「ドイツ全都市の市参事会員へ～キリスト教的学校の建設と維持に努力されんことを」一五二四）

一方では大変な家族思いで有名だったルターにしてこうなのですから、いかに近代以前の子どもたちが厳しくしつけられたかがわかろうというものです。

V

灰かぶり（シンデレラ）

Aschenputtel

死の床についたある金持ちの奥方が、幼い一人娘を枕元に呼んで言った。

「私の可愛い子。お母様は、もうあなたのそばにはいられないの。けれど、天国からいつもあなたを見ているわ。私のお墓の傍《かたわ》らに小さなハシバミの木を植えなさい。そして、なにか欲しい物があったら、その木を揺するのよ。困ったことがあれば……どうしても困ったことがあれば、助けを求めなさい」

彼女は娘のきれいな顔を見た。手を伸ばし、その頬《ほお》のやわらかな輪郭をなぞって微笑む。毎日優しい言葉をかけて育てた彼女の宝物。娘の瞳は、どこか焦点が合っていないぼんやりとしたものだったが、大好きな母親との別れを予感して、涙が浮かんでいた。

「悲しまないで……。いつも神様に祈りを捧《ささ》げて、何があっても、誰かをうらやんではいけません。神様は善良な人間を助けます。善良でなければ、ひどい罰が下されるのですから……それを忘れないで」

やがて、母親は静かに目を閉じた。

娘は、大好きな母親の言葉に従って、小さなハシバミの木を墓の傍らに植えた。

娘の部屋は大きな屋敷のいちばん奥まった場所にあった。日当たりもよく、専用の小さな中庭もついており、そこから礼拝堂《れいはいどう》にも行ける。信心深い母親が生きていた時、毎日一緒に祈りを捧げることを忘れなかった。

そして、娘は、母親がいないいくつかの季節を、一人で礼拝堂で祈りを捧げ、その脇にある母親の墓を訪れた。

そんなある日、父親の妻と名乗る女が、二人の娘を連れてやってきた。

「私はあなたのお父様の妻よ。この二人はあなたのお姉様。今日からこの家の奥様は私よ」

二人の姉は、続き間を持つ娘の部屋を見回した。

「なんて素敵な部屋。ここは私のものにするわ」

上の姉が言うと、下の姉も負けじと言った。

「だめよ。ここは私の部屋にするわ。ねえ、いいでしょう、お母様？」

「ええ、ええ。今まで苦労した分も、おまえたちは贅沢《ぜいたく》をしなければね」

自分の娘たちにそう言って、女はこの部屋の主だった娘を意地悪く見つめた。

娘は知らないことだったが、父親は、もうずいぶん昔からこの女と暮らしていたのだった。そして、二人の姉は本当に実の姉だった。母親が死に、正式に父親の後妻となって現れたこの継母《ままはは》は、夫が末の娘に遠慮しているのか、屋敷に自分たちが住むことに反対していたので、夫が仕事で長期の旅行に出かけている間に、こうして乗り込んできたのだ。

見れば見るほど立派な屋敷だった。

しかし、使用人の姿が一人も見えないことが不思議だった。とはいえ、屋敷の中は塵《ちり》一つ落ちていないほど片づいている。

だが、継母はがっかりしなかった。使用人がいなければ給金を払う必要はないし、末の娘を思う存分こき使える。

長い年月、自分が日陰の身に甘んじていた分まで、娘たちには贅沢をさせてやりたい。なにしろ、娘たちは顔だちもよく、上流社会の舞踏会に出ることさえできれば、玉の輿《こし》も夢ではないはずだ。

そして、この娘……。

継母はどこか茫洋《ぼうよう》とした美しい継子《ままこ》の顔をにらみつけた。今までなんの苦労もなく暮らしてきた憎たらしい娘！　継母の胸に憎しみの炎がうずまいた。
「おまえは今日から、ただの使用人だよ」
その日から、娘の生活は一変した。

◇継母たちの執拗《しつよう》ないじめ責め

娘は、自分の部屋を追い出され、今まで着ていた服も脱がされて、灰色のぼろ布の上《うわ》っ張《ぱ》りを身にまとうよう命じられた。そして、朝早くから夜遅くまで、食事の支度から部屋の掃除、洗濯まで、あらゆることをしなければならなくなった。おまけに、部屋を与えられない娘は、暖炉のそばの灰の中に寝ころぶほかなく、いつも灰にまみれていたので、「灰かぶり」と呼ばれてさげすまれた。

しかし、灰かぶりにとって何より辛《つら》いことは、礼拝堂で祈ることも、母の墓に参ることもできなくなったことだ。

祈りの言葉も忙しさの中で忘れていき、いつも頭の中で答えてくれていた母の優しい声も、だんだん聞こえなくなっていた。ただ、

〝神様は善良な人間を助けます。善良でなければ、ひどい罰が下されるのですから

飾った。

その国の年ごろの娘はみな招かれることになり、二人の姉も灰かぶりに手伝わせて着

ある時、国王が王子の花嫁を選ぶため、三日続けての舞踏会を開くことになった。

という言葉だけが、繰り返し思い出された。

……それを忘れないで〟

この屋敷は灰かぶりの母親のもので、継母たちに住む権利はなかった。だが、その母親は死んだ。継母は、夫からもらう手当はもちろん自分のものにしたし、屋敷の中のものを売り飛ばして自分たちの財産にした。

だが、そんなことが灰かぶりにわかるわけがない。

「ああ……痛い！」

姉の一人が、髪を結うのを手伝っている灰かぶりの手をなぎ払った。

「このへたくそ！　私の髪を引き抜くつもりなの！」

「ごめんなさい」

灰かぶりがおろおろとうろたえると、継母がまた大声をあげる。

「本当におまえは役に立たない子ね。もういいわ！　ぐずぐずしないで、おまえは靴

にブラシをかけなさい！」

「はい」

灰かぶりはあわてて床に座り、二足の絹の靴に丁寧にブラシをかけた。

「ああ、なんて美しいのかしら、二人とも。さすがは私の子だね」

継母が感嘆の声をあげた。灰かぶりは、ブラシをかける手を止めて、二人の足下にそれぞれ靴を置いた。急いで立ち上がった灰かぶりは、姉たちの美しさに息を呑んだ。

自分たちをうらやむ目で見ている灰かぶりに、上の姉が意地の悪い笑みを浮かべた。

「灰かぶり、おまえも舞踏会に行きたいかい？」

行きたくないわけがない。灰かぶりは、心に芽生えた希望に胸をドキドキさせて、ええ、と答えた。

すると、上の姉が高らかに笑い声をあげた。

「そんなみっともない格好で行く気？　やめてちょうだい。そんなことをすれば、恥をかくのは私たちよ」

「だけど、私のお部屋に行けば……」

「私のお部屋？　ふん！」

継母が鼻で嗤《わら》った。

「おまえに部屋なんかあるわけがない。あの部屋にあった古着は全部捨ててしまったわ。おまえの服は、今着ているものだけよ」

すると、下の姉が楽しげな笑い声を響かせた。

「あんたには大事な仕事があるでしょう。台所にある鉢《はち》いっぱいのレンズ豆を、あたしたちが帰ってくるまでに選《え》り分けるという大事な仕事がね。あんたにしかできない仕事よ。だって、あんたは、それをしないと、この屋敷から出て行かなければならないんですもの」

そして、二人の姉と継母は出かけて行った。

灰かぶりは台所に戻り、鉢いっぱいのレンズ豆を竈《かまど》の上にあけた。レンズ豆は、竈の上いっぱいに広がり、こんもりと山になった。それをいい豆と腐った豆とに選り分けるには、ひと晩はかかりそうだった。

「お母様……」

灰かぶりはつぶやき、どうしてこんなことになったのかを考えた。自分が継母や姉たちにこの家を追い出される理由があるのだろうか。ふとそんなことを考えて、灰かぶりはあわててかぶりを振った。

あまり考えてはいけない。考えてはお母様を悲しませることになる。灰かぶりは、なんとなくそんな気がした。

彼女は、あきらめてレンズ豆に手を伸ばしたが、いったんその手を引き、窓辺に寄ってジッと外を見つめた。その瞳には、宇宙の果てまでも見据えるような力がこもっていた。

そして、大きな声で呼んだ。

「ハトよ、ハト。私を助けてちょうだい」

すると、どこからともなくハトたちが台所に入ってきた。

「……ええ、そうよ、手伝って」

灰かぶりはうなずいた。ハトたちは竈の上の豆を選り分け始めた。

灰かぶりは、どこか遠くを見る瞳で、小さくどこか歌うような声で言った。

「腐った豆は食べてもいいわ。いい豆は鉢の中に戻してちょうだい」

ハトたちのおかげで、それほどの時間がかからず、豆は選り分けられた。

ハトたちに灰かぶりは言葉をかけた。

「ええ……舞踏会の様子が見たいわ」

灰かぶりは、まるでハトたちと会話を交わしているようだった。

「そうね。屋根裏からなら見えるわね」

灰かぶりは、そう言うと、屋敷の奥へと進み、屋根裏へ上がった。その小窓を開けると、遠くのほうに、ぼんやりと明るく、城が浮き上がっているように見えた。

「ああ……見えるわ。大広間で姉さんが王子様と踊っている。姉さんがきれい……うらやましい……」

灰かぶりは、疲労感を覚え、のろのろと下に降り、居間の暖炉の脇の灰の上に横になった。

◇母の墓前のハシバミの木の魔力

翌日、灰かぶりが水瓶《みずがめ》に井戸から汲《く》んできた水をためていると、姉たちが台所に入ってきた。

姉たちは、灰かぶりが目を真っ赤にしているところを見たかったのだが、灰かぶりに変わった様子もなく、彼女は言われた通りに豆を選り分けた鉢を示したのだった。

姉たちは、生まれた時から、母親に灰かぶりと父の正妻の悪口を吹き込まれて育ってきたので、灰かぶりを憎んでいた。

灰かぶりが汚い格好でいるところを見ると楽しいし、仕事を言いつけてこき使うのは、さらに気分がよかった。

反対に、灰かぶりが仕事をやり遂げるのを見るのは気分が悪かったし、腹立たしかった。だが、姉たちは今の灰かぶりがどうしても勝てない切り札を持っていた。

彼女たちは、昨夜の舞踏会のことを得意げに話し出した。

「灰かぶり、昨日はとても楽しかったのよ。まったく王子様の素敵なことといったら……。その素敵な王子様は、どうやら私たちがとてもお気に召したみたい。きっと、私たちのどちらかが花嫁になるわ」

「ええ、そうよ。あんたなんかには想像もつかないくらい、素晴らしい舞踏会だった」

「……」

うなだれて黙って聞いていた灰かぶりが、顔を上げて言った。

「ええ……きらびやかな舞踏会だったわ」

「えっ?　まさか、あんたも来てたんじゃないでしょうね?」

詰問されて、灰かぶりはあわててかぶりを振った。

「いいえ、私は屋根裏から見ていたの」

「屋根裏?」

姉たちは屋根裏へ上がったことがなかった。上の姉が眉《まゆ》を吊《つ》り上げた。

「だったら、もう二度と屋根裏に上らないことね。あんたはこの屋敷を自由に歩ける身分じゃないんだから」

そう言って、上の姉はさっそく屋根裏へ向かうドアに錠前をつけてしまった。中へは入らなかった。入ればよかったのだ。そうすれば、そこから城の中の様子など見えないことに気づき、錠前などつけなくてもよかったのだから。

その午後、再び、灰かぶりは姉たちの支度《したく》を手伝った。姉たちは、灰かぶりが何をやってもケチをつけるのを忘れなかった。

支度がすむと、下の姉が優越感まじりに言った。

「そんなに舞踏会に来たければ、その格好で来ればいいじゃない。だけど、中には入れないわよ。せいぜい、見つからないように窓から覗《のぞ》くことね」

「バカなことを！」

妹の言葉に憤慨した母親に同意を示し、上の姉が灰かぶりをにらみつけて言った。

「この子が本気にしたらどうするのよ！　この子が見つかって恥をかくのは私たちなのよ。せっかく王子様に気に入られようっていうのに、こんな子が妹だと知られれば、きっと嫌われてしまうわ」

そして、突き放すようなまなざしを灰かぶりに送った。

「灰かぶり、今夜もあんたには大事な仕事があるのよ。台所に、袋いっぱいのソラ豆があるから、それをちゃんと選り分けなさい。明日になってもできなければ、あんたはこの屋敷を出て行かなくてはならないんだからね」

なぜ？　なぜ私がこの家を出て行かなければならないの……？　灰かぶりはまた考え込んでしまった。

だが、いつまで考えていても仕方がない。灰かぶりは、台所に立って、袋いっぱいのソラ豆を竈の上にあけた。それは昨夜のレンズ豆よりも量があった。

灰かぶりは、昨夜と同じように、窓辺に立ってハトたちを呼んだ。

「ええ……今夜もお願いね」

やがてハトたちがやってきた。上の姉がつけた錠前など、ハトたちにとって何ほどのこともなく、とうにはずしていた。

ハトたちは、いっせいにソラ豆を選り分け始めた。

灰かぶりは歌うように言った。

「腐った豆は食べてもいいわ。いい豆は袋の中に戻してちょうだい」

やはり、それほどの時間をかけずに豆の選別は終わった。

竈のそばにいるハトたちに、灰かぶりはしばらく耳をすましているような素振りを見せていたが、やがて驚いたようにかぶりを振った。

「いいえ、こんな汚い格好で舞踏会なんかには行けないわ」

ふいに、灰かぶりは驚いたような表情を浮かべた。

「……そうね。お母様のお墓にある木を揺するんだったわね。ええ……十二時までに戻れば、誰にもわからないわ」

今だったら継母や姉たちもいない。自分の部屋から礼拝堂へ行ける。灰かぶりは急いで自分の部屋に向かった。

そこはもう姉たちの部屋になっていることを、灰かぶりは知っていた。まっすぐ中庭を突っ切って、礼拝堂の脇にある母親の墓に一目散に走った。

灰かぶりは小さなハシバミの木を揺すった。すると、カラカラと軽やかな音が鳴る。枝に小さな木の板がいくつもぶらさがっていて、それがぶつかり合って音が出るのだ。

「お願い、私にドレスをちょうだい」

うっとりとした目で、灰かぶりは頼んだ。

すると、お仕着せ姿の小間使いが二人、どこからともなく現れた。彼女らは、灰かぶりを連れて屋敷に戻り、そのまま使われていない二階に連れて行った。

灰かぶりは体を洗われ、小間使いの手でドレスを着せられて飾り立てられた。その間、誰も口を開かない。

すっかり支度を整えた灰かぶりが玄関前に出ると、従者や御者が乗った六頭立ての黒馬の馬車が待っていた。

灰かぶりは、目を丸くして、従者が開けてくれたドアから馬車に乗り込んだ。

◆見覚えのない美しい姫

中央の大広間の階段の下に六頭立ての馬車が到着した時、王子は倦怠《けんたい》感に包まれていた。

昨夜からずっと大勢の女性に囲まれて、はっきり言って、誰が誰だかよくわからなくなっていた。誰を見ても同じ顔に見え、王子は順番にその手をとって踊っていたにすぎなかった。ただし、なかには積極的な女性もいて、自ら何度も前に進み出てきた。王子が拒まずにその女性たちと踊ったのは、ただただ、誰かを選ぶのが面倒だったからだ。

そこへまた、新しい女性が登場した。

大きくため息をつきたい思いをこらえ、階段の上で待っていると、その姫は侍従に先導されて階段を上がってきた。

遅れてきた姫の美しさは群を抜いていた。銀糸の刺繍《ししゅう》が一面に施されたドレスを着た彼女は、上から下まで銀で統一された姿だった。大広間を明るく照らす何百本という燭台《しょくだい》の灯に照らされ、まるで夢のように美しい。

王子が彼女を迎えに出るのを、誰もが息をのんで見守った。

そこには継母や姉たちもいて、まわりの人々と同じように、見覚えのない姫の姿に声もなく見入っていた。その姫が来るまでは、互いにライバル意識をいだくほど美しさでは勝っていた自分たちだというのに、今ではもう、すっかり色をなくしてしまっている。

しかし、継母も姉たちも、まさかこの姫が灰かぶりだとは思わなかった。

灰かぶりは、男性を見るのは初めてだった。実は、父にさえ会ったことがなかったのだ。姉たちの話にあったように、王子は端正な顔だちをしている素敵な人だった。

二人は、互いだけしか目に入らぬさまで、フロアの中心で踊り続けた。

父王からこの三日間のうちに必ず花嫁を見つけることを命じられていた王子は、この姫を見た瞬間に、心を決めていた。

姫は美しい顔かたちをしているし、身なりのよさからも身分のある人だろうと感じられたが、何より王子が気に入ったのは、そのどこか夢見るような、焦点の合っていない瞳だった。

この人を守ってやりたい。姫は王子の庇護《ひご》欲をかきたてた。

王子をひとりじめにして踊り続けていた灰かぶりは、十二時が近いことに気がつき、その曲が終わるのを潮に、丁寧なお辞儀を残して背中を向けた。

王子は引き止めたいと思ったが、ようやく王子が一人になったのを、ほかの娘たちは見逃さなかった。あっというまに囲まれてしまい、花嫁にしたいと望んだ姫を追うことができなかった。

灰かぶりは、待っていた馬車に乗り、屋敷に戻ってドレスを脱いだ。そして、急いで母の墓に行くと、ドレスを枝にかけて、小さなハシバミの木を揺らした。カラカラと軽やかな音が鳴る。そこには灰色の上着もかかっていた。それを手にとって、灰かぶりは上着を頭からかぶった。

「ありがとう。ドレスを片づけて」

そして、ドレスの行方を見届けるでもなく、屋敷に駆け戻って、居間の暖炉の脇の灰の上に寝ころんだ。


その翌朝、二人の姉は不機嫌だった。灰かぶりが、言いつけたソラ豆を選り分ける仕事をやり遂げていることに加え、昨夜はどこかの姫に王子をひとりじめされて、自慢できることがなにもなかったからだ。

灰かぶりは、そんな二人の顔を見て、歓喜の念が込み上げるのを抑えられなかった。

「お姉様方、昨夜は楽しかった?」

返事がわかっていながら、灰かぶりは聞いていた。

上の姉はじろりとにらんだだけだが、下の姉が悔しそうに答えた。

「楽しいわけがないでしょう。どこの姫ともわからない人に王子様をとられてしまったんだから」

それを聞いて、上の姉は舌打ちせんばかりに、妹の袖《そで》を引いた。

「その方は、もしかして六頭立ての馬車でいらっしゃった？」

灰かぶりはうつむき加減で尋ねた。

「えっ、なぜ、おまえがそれを知っているの？」

上の姉が柳眉《りゅうび》を逆立てた。

「玄関に出た時、お城のほうに向かう馬車に、女の人が乗っているのを見たの」

歯ぎしりして、上の姉は灰かぶりを憎々しげににらみつけた。

「あんたが外に出る用なんかないでしょう。さぼってんじゃないわよ。それがいやなら、この屋敷を出て行きなさいよ」

捨て台詞《ぜりふ》を吐き、上の姉は妹の腕をとって台所から出て行った。灰かぶりはゆっくりと顔を上げた。その瞳には意志の光がきらめき、唇は笑みを刻んでいた。

〝神様は善良な人間を助けます。善良でなければ、ひどい罰が下されるのですから……それを忘れないで〟

母の言葉が脳裏に甦《よみがえ》る。

善良な人間でいなければ、ひどい罰が下るのだ。

◇置き去りにされた〝金色の靴〟

今夜もまた、姉たちは灰かぶりを必要以上にこき使って準備の手伝いをさせた。しかし、舞踏会最終日の今日、姉たちはもちろん、継母にも気合いが感じられた。

灰かぶりは精いっぱい姉たちを手伝い、昨夜以上に美しく装わせた。

「いい？ 今夜は台所を離れたりしないのよ。あんたにはエンドウ豆を選り分けるという仕事があるんだから」

颯爽《さっそう》と出かける三人の背中を見送り、灰かぶりは台所に立った。

そこには、大鉢いっぱいのエンドウ豆が、竈の上で灰かぶりを待っていた。エンドウ豆を竈の上にあけると、やがてハトが台所に入ってきた。

「ええ、お願い。今夜も手伝ってね」

そして、灰かぶりは歌うようにつぶやく。

「腐った豆は捨てて、いい豆は鉢の中に戻してちょうだい」

ハトたちはみんなで悪い豆をよけ始めた。いい豆がすべて鉢におさまった時、灰かぶりは首をかしげた。

「……もっときれいなドレスが着られるの？」

ハトたちを見て、にっこり笑う。

「ええ、十二時までには帰ると約束するわ」

灰かぶりは、また自分の部屋から中庭に出て、小さなハシバミの木を揺すった。

「お願い、私にドレスをちょうだい」

カラカラと鳴る音に誘われるように、二人の小間使いが現れ、灰かぶりを屋敷の中へ連れて行き、昨夜よりさらに豪華なドレスに着替えさせた。

そして、玄関の前には、今日は白馬の六頭立ての馬車が待っていた。灰かぶりは馬車に乗り込み、城へ向かった。

大広間に続く階段の下に到着すると、今日は王子が迎えに出ていた。

灰かぶりは胸が高鳴った。

王子も、昨夜以上に美しい姫に目を見張った。昨夜の月の女神のような銀色に統一された装いとは一転し、金糸の刺繍に宝石がちりばめられたドレスに、金糸で刺繍された靴をはいた、きらびやかな姿だった。

王子は、にっこりと灰かぶりに微笑みかけ、二人で階段を上った。

昨夜にも増して美しい、身元のわからない姫に、舞踏会に来た人々はみんな見とれていたが、その中で、継母や二人の姉は、射殺《い》しそうな嫉妬《しっと》のまなざしで姫を見つめていた。

ところで、王子は、今夜はこの姫を逃がすつもりはなかった。必ずその身元を聞き出して妻にしようと心に決めており、もしも彼女が昨夜のようにさっさと帰ってしまった時のために、階段にタールを塗らせていた。

継母や姉たちの嫉妬の視線の中、灰かぶりは、王子のうっとりとした目を見つめて、何曲も何曲も踊った。

いつもさげすむような目で見られていた灰かぶりは、王子のまなざしを心地よく感じた。時を忘れて踊っていた彼女は、十二時を知らせる大時計の音にハッとした。

約束したのだ。約束……。

灰かぶりは、弾かれたように王子の腕から抜け出し、大広間を横切って階段を駆け下りた。途中で足をとられて片方の靴が脱げてしまったが、それを取り上げている暇はなかった。

王子は、すぐに追いかけたかったのだが、姉娘たちがまとわりついて離さない。ようやく二人を振り払って、なんとか追いかけてみると、もう影も形もない。ふと気づくと、階段の途中に、金色の靴が片方置き去りにされていた。

王子は、靴を取り上げて、手の中に握りしめた。

灰かぶりは、屋敷に戻ると、昨夜と同じように、枝にドレスをかけてハシバミの木を揺らし、違う枝に引っかかっている自分の灰色の服を身につけ、急いで居間の暖炉の脇の灰の上に横になった。

ちょうどその時、玄関のドアが開いた。継母と二人の姉が帰ってきた。

「灰かぶり！　さっさと灯《あか》りを持ってきなさい」

継母の声に、灰かぶりはランプに火を入れて持って行った。

「いったい、あの女は誰なの!!　王子様をひとりじめにして。ちょっと立派なドレスを着ていただけのことじゃない。おまけに、あの女が帰ってしまったら、王子様はいなくなっちゃうし」

「まったく頭に来るわね。私たちのほうが、ずっと、ずっと、美しいのに‼」

「しっ！」

灰かぶりが来たことに気づき、継母は娘たちの言葉を止めた。

「言われたことはやったの？　エンドウ豆はちゃんと選り分けたの？」

「ええ、お継母様《かあさま》。台所から鉢を持ってきましょうか？」

すると、上の姉が、灰かぶりを小ばかにしたように、片方の唇の端を吊り上げて、険悪な表情を向けた。

「あんたはやって当然のことをやっているだけよ。なにを偉そうに言っているのかしらね。働くのがいやなら、この屋敷から出て行きなさいよ」

姉の言葉に、下の姉もクスクス笑って同意した。

「そうよね。あんまり役に立つわけじゃないし。いないほうがいいくらい」

「ランプを置いたら、さっさと行ってしまいなさい」

継母がいまいましげに言うと、灰かぶりは黙ってうなずいた。うつむいた彼女の口元が微妙に歪《ゆが》んでいたのには、誰も気づかなかった。

◇切り落とされたかかとと爪先

翌日、城から国中の若い女性に宛ててお触れが出た。それは、王子が持っている金の刺繍靴に足の合う者が、王子の花嫁になるというものだった。

しばらくすると、その靴は誰の足にも合わない小さなものだという噂が流れた。それを聞いて、継母も二人の姉も喜んだ。姉たちは、それぞれほっそりとした脚線と小さな足が自慢だったのだ。

継母は、自分の娘のどちらかが王子の花嫁になることを確信した。台所で立ち働く灰かぶりを見ると、笑いが止まらない。

この屋敷に帰るのをいやがった夫は、ずっと自分のもとにいたとはいえ、自分は正式な妻ではなかったので、小さな家を与えられただけだった。その屈辱は、とても口では説明できない。

だが、これで自分と死んだ前妻の地位は逆転する。娘が王子の花嫁となった暁《あかつき》には、灰かぶりを追い出して、たくさんの使用人を雇えばいい。

継母は、台所に入り、灰かぶりが洗ったばかりの野菜を入れた籠《かご》を振り払い、野菜をぶちまけた。

灰かぶりが驚いて振り返った。

継母が意地悪げに言う。

「まったく、役に立たない子ね」

あわててかがみ込み、野菜を拾おうとした灰かぶりに、継母が機嫌よく言葉を続けた。

「やはり、あんたをこの屋敷にいつまでも置いておくわけにはいかないわね」

「お継母様……」

灰かぶりは立ち上がり、継母の顔をひたと見つめた。

「お継母様。お姉様が王子様のお姫様に選ばれたらいいですね。ええ……きっと足は靴に入りますわ。お姫様になれば、もう歩く必要はないですもの。お姉様たちなら、金の靴がどんなに小さなものだとしても……」

その後、灰かぶりが台所で皿を洗っていると、上の姉が部屋に入ってきて、水が入った壺《つぼ》を足で蹴《け》り倒した。

灰かぶりは驚いて振り返った。

「本当に役立たずね。あんたって」

あわてて壺を立てたが、中の水はほとんどこぼれてしまっている。

「あんたには、やはり出て行ってもらうしかないわね。私はどうせお城で暮らすようになるけれど、妹とお母様がここで暮らすのだから、あんたがいると邪魔だわ」

上の姉の言葉に、灰かぶりは立ち上がって、ひたとその顔を見つめた。

「お姉様は、きっと王子様のお姫様に選ばれますわ。お姉様は……きっと小さな靴に足を入れることができます。お姫様になれば、もう歩く必要はないんですもの」

上の姉が去ると、今度は下の姉が台所にやってきた。四つんばいになって床をふいている灰かぶりのうしろに立ち、バカにするように鼻で笑った。

「そんなまどろっこしいことをしないで、あんたがそのまま寝ころんで、そのボロ服でふけばいいのよ」

下の姉は言葉を続けた。

「お母様が言っていたわ。あんたは役に立たないから、あんたを追い出して、小間使いを雇うってね。まあ、私はどうせお城で暮らすことになるからいいけれど」

灰かぶりは立ち上がり、下の姉のほうを向いて言った。

「お姉様は、きっと王子様のお姫様に選ばれますわ。お姉様は……きっと小さな靴に足を入れることができます。お姫様になれば、もう歩く必要はないんですもの」

継母や姉に同じ言葉を繰り返しながら、いつもぼんやりとした灰かぶりの瞳がきつい光を放っていることに、誰も気づかなかった。


いよいよ、屋敷にも王子の使いの者がやってきた。ビロードのクッションの上に、金の刺繡靴がのせられている。

居間には継母と二人の姉がいた。まずは、上の姉が靴に足を入れることになった。しかし、かかとが少し余ってしまう。

継母は、上の娘に近づき、そっと耳打ちした。

「おまえの部屋にナイフが置いてあるから、そのナイフでかかとを切っていらっしゃい。花嫁になれば、もう歩く必要はないんだから。なんとしても、足を靴に合わせるのよ」

少し娘から顔を離し、継母は使いの者ににっこり笑ってみせた。

「緊張しているらしいので、少し向こうの部屋へ失礼させていただきますわ」

上の娘は、母親の言葉に従い、自分の部屋に入ると、靴からはみ出したかかとをナイフで切り落とした。そして、ぐいと靴に足を突っ込む。

「おお、この方こそ王子様の花嫁となられるお方」

居間に戻ってきた上の姉の足に金糸の刺繍靴がはまっているのを見て、使いの者は感嘆の声をあげた。

使いの者が、上の姉を馬車に乗せようとした、その時だった。どこからともなく歌声が聞こえてきた。


　靴から血が出ているよ。

　この娘は靴の持ち主じゃない。

　本当の花嫁は、まだ家の中……。


（なんだって……！）

使いの者は、驚いて、連れてきた娘の足を見た。今、娘のはいた金色の靴の縁《ふち》から血が噴《ふ》き出している。

「ああ……とんだ間違いを犯すところだった」

使いの者は、娘の足から靴を取り去り、布できれいに血を拭《ぬぐ》ってビロードのクッションの上に置き、再び屋敷の居間に入った。

今度は下の姉の番だった。

足を入れるが、入らない。

継母は娘の耳元で囁《ささや》いた。

「おまえの部屋にナイフが置いてあるから、そのナイフで爪先を切っていらっしゃい。花嫁になれば、もう歩く必要はないんだから。なんとしても足を靴に合わせるのよ」

下の姉は、言われた通りに、部屋でナイフをふるった。そして、爪先をざっくりと切り落とし、急いで靴に足を入れた。

居間に戻ってきた下の姉を、今度こそ花嫁だと信じて、使いの者は馬車の前まで連れ出した。すると、また、歌声が聞こえてきた。


靴から血が出ているよ。

この娘は靴の持ち主じゃない。

本当の花嫁は、まだ家の中……。

「おっと、危ない、危ない」

使いの者は、靴を取り返し、きれいに血を拭った。そして、居間に戻って継母に聞くのだった。

「もう一人、こちらにお嬢様はいらっしゃいませんか？」

「もう一人……」

継母はその言葉に、はっとした。

「いません。わが家の娘は二人だけ。あとは、小間使いの代わりに置いている汚い灰だらけの娘がいるだけですわ」

と、継母が答えた時だった。

「かまいませんっ」

突然、大声をあげて部屋に入ってきたのは王子だった。王子は馬車の中で待っていたのだが、使いの者が二度までも屋敷に戻ってしまったので、あとを追ってきたのだった。

「とにかく、連れてきてください」

今までずいぶん捜したが、例の姫君がまだ見つからず、王子はいらだっていた。

「いいえ、とんでもないことでございます。とても王子様にお目にかけられるような娘では――」

「私が、連れてきてほしいと頼んでいるのです」

王子の威厳のある言葉に遮《さえぎ》られ、さすがの継母も断ることはできなかった。

「灰かぶり！」

やけになって、継母は叫んだ。

すると、汚い服はそのままだが、手足や顔をきれいにふいた灰かぶりが、うつむき加減に居間に入ってきた。

灰かぶりは、使いの者がひざまずいて差し出した金の刺繍靴に足を入れた。もちろん、足が入らないはずはない。

「おお……」

王子は、感動して灰かぶりの前に進み、その顔を上げさせた。

そこにあったのは、忘れたくても忘れられない姫君の顔だった。

「あなたは、まさしく私の姫君だ」

継母と戻ってきていた二人の姉の顔は、みるみるうちに色を失った。

王子は姫君を馬車に乗せた。すると、また歌声が聞こえてくる。


靴から血は流れていない。

靴は足にぴったり合っている。

本当の花嫁が見つかった。


王子は、馬車の窓から顔を出し、歌声のするほうを見上げた。屋根裏から顔を出して歌っていたのは、屋敷の小間使いたちだった。

◆娘の「邪眼」

結婚式の日となった。

その日、夫が帰ってくることになり、継母は一人、屋敷で待っていた。

「いったい、これは……なぜ、おまえがこの屋敷にいる？」

夫は、よりにもよって、末の娘が王子と結婚することに決まったと聞き、急ぎ戻っきたのだ。しかも、戻ってみると、二度目の妻が屋敷にいるではないか。

「いいでしょう。どうせ灰かぶり――あの子は、王子様と結婚してこの屋敷を出て行くんだから」

ぶつぶつと言い返す妻に、夫は顔を蒼《あお》くしながら震え声で言った。

「あの娘が王子様と結婚だなんて、とんでもないことだ！　なぜ、そんなことになってしまったんだ！」

後添《のちぞ》えに入った二人の娘の母親は、まだ夫の言わんとしていることがわからない。ただ、悔しそうに顔を歪めている。

「私だって、私のかわいい娘たちのどちらかが、王子様の花嫁になるものと思っていましたよ。だから、かかとや爪先を切ったのにさ……」

そこで、継母の顔色がさっと青ざめた。

「私は……私は、今、なんと……娘たちの……娘たちの足を……」

「なんだって……！」

父親も真っ青になり、妻の肩を大きく揺さぶった。

「二人は？　おまえの二人の娘はどうした？」

「結婚式に行ってます……あの子は王子様の花嫁になるのだから、自分の姉たちに幸せを分けてやるのが当然というものじゃないですか」

どこかぼんやりして、まるで誰かからそう告げられたように答える妻を、夫は魂《たましい》の抜けた人のような顔で眺めていた。

「おまえは、なんというバカな真似をしたんだ。あの娘は、この屋敷から出してはいけなかったんだ……」

そこへ、何人もの小間使いが現れた。

「旦那様。奥様とのお約束通り、お嬢様がこのお屋敷にいらっしゃる間はご奉公いたしました。これでおいとまをいただきとうございます」

みな、晴れ晴れとした顔で言い、一礼すると、屋敷から出て行った。

呆然とした顔の妻に、夫は言った。

「この屋敷は、あの娘を閉じ込めるためのものだった。母親以外に、あの娘と会話をすることを禁じていたのだ。あの娘の邪眼……邪眼を封じるために……」

姉たちは妹の結婚式に参列した。ニコニコと愛想を振りまき、妹の横から離れようとしない。

〝神様は善良な人間を助けます。善良でなければ、ひどい罰が下されるのですから

……それを忘れないで〟

末の娘の脳裏に、亡くなった母親の声が甦った。

姉たちが心配になる。彼女たちは善良ではない。善良でなければ、ひどい罰が下される。

ひどい罰……。

教会を出て、末娘は上の姉を見つめ、その視線を下の姉に移した。そして、下の姉を見つめてから、再び上の姉へと視線を流す。

すると、二人の姉の足が止まった。

王子の腕につかまったまま、末娘はうしろを振り返らずに歩き続けた。

二人の姉は、互いの目に手を伸ばし、ぐるりと両方の眼球をくり抜き合った。鋭い悲鳴が二つの口から漏れ、長く尾を引いた――。

その声を、末娘は背後にはっきりと聞いた。しかし、決して振り返らなかった。

何事もなかったように、末娘は、王子と馬車に乗って、城に向かった。

馬車の中で王子が言った。

「きみの侍女として、屋敷から小間使いを連れてきてもよかったのだよ」

すると、末娘は小首をかしげた。

「小間使いなんかいません。屋敷にいたのはハトです。ハトは困った時に私を手伝ってくれるんです」

王子はわけがわからなかったが、愛しい花嫁がにっこりと笑ったので、やがて気にならなくなった。

実をいえば、末娘は、王子のことを嫌いではなかったが、好きでもなかった。ただ、姉たちが話す舞踏会の話を聞き、うらやましく思っただけなのだ。

しかし、末娘はうれしかった。これで、屋敷を追い出されることを心配することはない。

末娘は、これからも善良であることを心に誓った。

■初版『グリム童話』の読み方――灰かぶり（シンデレラ）■

シンデレラは「邪眼」を持つ魔女だった!?

ディズニー映画の『シンデレラ』がペロー童話のシンデレラを下敷きとしていることは、よく知られています。

グリム童話とペロー童話の『シンデレラ（灰かぶり）』のいちばんの違いは、そのラストにあります。

ペロー童話では、あれほどいじめられたというのに、シンデレラは義理の姉たちの結婚相手まで捜してあげるという優しさを見せます。

ところが、グリム童話では、両目をつつかれて失明する義理の姉たちを、何をするでも、何を言うでもなく、ただそのままにしています。

いじめられても許すシンデレラと、その罪を断罪するシンデレラ……。

グリム童話の『シンデレラ（灰かぶり）』が怖いとされるのは、継母《ままはは》や義理の姉たちにいじめられながらも必死で耐えていた、あれほど健気《けなげ》に見えたシンデレラ（灰かぶり）が最後に見せる冷酷さでしょう。

ここで取り上げた『灰かぶり』は、意地悪な継母が登場するのに、継母は魔女ではないという、グリム童話には珍しい設定です。

グリム童話に数多く登場する魔女の中で、一般的な魔女と共通するのが、『ヘンゼルとグレーテル』に出てくる魔女だといわれています。恐ろしく年を取って枯れ木のような老婆。そして、その窪《くぼ》んだ目は「邪眼（邪視）」といわれます。邪眼を持つ者は、その視線一つで相手に災いを与えることができるといいます。『灰かぶり』では、老婆とはおよそかけはなれた若い末娘が、この邪眼の持ち主として登場しています。

末娘は途中から邪眼を駆使します。その秘密を知っているのは父親だけでした。ひょっとしたら、末娘も、その母親も魔女なのかもしれません。だからまた、父親は別に女性をつくり、仕事と偽って家に帰らなかったのではないでしょうか。

さて、シンデレラのアイテムといえば、真っ先に頭に浮かぶのはガラスの靴でしょう。

ただし、その材質については、Vairと呼ばれた材質の皮のことを、ガラス（Verre）という言葉と間違えてしまったのだという説があります。確かに、時代的に考えても、ガラスの靴が登場するというのは首をかしげる話です。

しかし、ガラスのもろさを処女性とイコールに考えるむきもあり、つまり、ガラスの靴は、シンデレラが処女であることを強く訴えるためのものだと解釈することもできるかもしれません。

VI

千匹皮

Allerlei-Rauh

「王女！」

王妃は、転んだ幼い娘のもとに走り寄り、その体に怪我《けが》がないかどうかを確かめた。

「おてんばをしてはダメですよ。女の子らしく、おしとやかにね」

王妃は、娘の艶《つや》やかな金髪を撫《な》でて、優しく諭《さと》した。

「決して王女の体に傷をつけないように……決してね」

王妃は、怪我のないことを知って安堵《あんど》し、侍女たちにも優しく言った。しかし、その後、王女の侍女たちが全員ひどい罰を受けたことを、王女は知らない。

王女は、多すぎるくらいの侍女に囲まれ、欲しいものは何でも与えられて、何不自由なく暮らし、すくすくと成長した。


ある日のことだった。

「私はもうすぐ死にます。ですが、あなたはまだお若い。もう一度、妃《きさき》をお迎えください」

ベッドに臥《ふ》せっている王妃は、傍《かたわ》らで見守る王に優しく言い、美しく微笑《ほほえ》んだ。

　十歳以上も年上だったが、世界一の美女として名高い最愛の妃の手を握り、国王は悲しみに沈んでいた。そろそろ中年にさしかかろうとする王妃だったが、まだまだその美しさは際立っていた。

「ただ、一つだけお願いがあります。新しい妃には、金色の髪を持つ、私と同じように美しい娘をお選びください。きっと約束を守ってくださいね」

　国王がうなずくのを見届けて、王妃はとうとう帰らぬ人となった。

　王妃の美しさをことのほか愛した国王は、長い間、再婚する気になれなかった。しかし、彼には娘が一人いるだけだったので、重臣たちは、王子をもうけるためにも、国王に新しく妃をめとることをすすめた。

　毎日毎日、口々に再婚を持ち出す重臣たちがわずらわしくてたまらず、とうとう国王は再婚を承知した。ただし、亡くなった王妃の遺言通りの女性を探すことを条件に。

　その日から、大勢の家来が金色の髪の美しい女性を探すことになったが、亡くなった王妃と同じ美貌《びぼう》の金色の髪の乙女は、なかなか見つからなかった。

　年月が経ち、重臣たちは、今度は亡くなった王妃の遺言を国王に忘れさせようと、あるいは妥協させようとした。しかし、これぱかりは、国王も首を縦には振らなかった。

そんな時、王女が倒れたという知らせが、国王のもとにもたらされた。

王妃を亡くしたショックで、年ごろの一人娘の顔もろくに見ていなかった国王は、あわてて王女の部屋に向かった。

「ああ、陛下……」

国王が入ってくると、王女の支柱式ベッドをぐるりと取り囲んだ侍女のひとりが進み出た。

「じつは……王妃様が亡くなられて以来、王女様はたびたび意識を失われるようになりました。ここ数年は、その回数も増して……」

二十代半ばの王妃が王女を産んだ時はまだ十代だった国王は、美しい妻にしか興味がなかった。

だが、今や、王女は亡くなった妻の忘れ形見である。侍女の言葉に不安をあおられた国王は、天蓋《てんがい》から垂れ下がっている絹のカーテンを手で押しのけて、娘の顔を覗《のぞ》き込んだ。そして、その瞬間、目を見張った。

「こ、これは……」

そこにいるのは、まさに、亡くなった妻に瓜二《うり》つの美貌の少女だった。

王女がパッチリと目を覚ました。

「お父様……」

不思議そうな声を出し、王女は身を起こした。

「また、私は倒れたのね」

訝《いぶか》しげにつぶやく王女に、国王は満面の笑みを浮かべた。

「王女よ。そなたの婚礼相手が決まったぞ」

そう言うなり、国王はうしろに控えていた侍従に告げた。

「重臣たちを集めよ。喜ぶがいい。余はここにいる王女と再婚する」

王女はそのまま、また気を失った。

◆歪《ゆが》んだ愛を貫く国王

実の娘との結婚などとんでもないと、重臣たちがどんなに諫《いさ》めようと、国王は決して譲らなかった。国王の血筋も王女のほかにはなく、王女が他家へ嫁ぎ、国王が再婚しなければ、王国の一大事である。結局、重臣たちは認めるしかなかった。

一方、王女は自分の身に起こったことが信じられなかった。

確かに、未来の花婿は、若く凛々《りり》しい父上に似ている殿方であれば、と理想に描いてはいたが、本人との婚礼など言語道断である。

この神への冒瀆《ぼうとく》ともとれる婚礼話を重臣たちが必ず阻止してくれると思っていたのだが、いつの間にか、使者を立てて、王女に正式な婚礼として言上《ごんじょう》させる始末だった。

「ああ……どうすれば……」

王女は両手に顔をうずめてつぶやいた。ずっと、あれほど母を愛していた父上が、自分と結婚したいなどと……とても信じられる話ではなかった。

母の衣装部屋に並んでいる数えきれないほどのドレスは、すべて国王が妻に贈ったものだった。ある時に贈った金糸、銀糸で刺繍《ししゅう》を施した緞子《どんす》のドレスは、二度とお目にかかれないだろうという見事なものだったという。それに、何千頭もの動物の皮を剝《は》ぎ取ってつくった、何種類ものマント……。

王女はハッとした。彼女は急いで父のもとに使いを立てた。

「お母様のものに負けない素晴らしいドレスを三枚いただきとうございます。一枚は金色、一枚は銀色、一枚は星のようなドレスを。そして、千種類の毛皮からつくるマントを一枚。それらを結婚の贈り物として私にください」

かつて国王は、王妃のために、国の内外から腕のいいお針子を集めて豪華なドレスをつくらせているが、そのお針子たちも、もう自分の村や国に帰っているはずだった。また、あまりにもたくさん毛皮のマントをつくったので、国中の動物は捕り尽くしたと侍女たちが噂しているのを王女は聞いたことがあった。

だからきっと、父上は自分の願いを叶えることはできないに違いない……と王女は高をくくっていた。

しかし、王女は、しょせんは城の奥で暮らす世間知らずでしかなかった。侍女たちはただ、国王の王妃への溺愛《できあい》ぶりを誇張したにすぎなかったのだ。

国王が王妃を飾るために集めたお針子や毛皮職人、羊毛、絹、麻などの加工職人は、そのまま城下にとどまり、商売の拠点としていた。そして、毛皮商人たちも、お得意先の一つとしてこの国に集まっていたので、王女の願いは、やすやすと叶《かな》えられることになった。

王女は、目の前に並べられた、自らが望んだ結婚の贈り物を、ただ呆然と見つめていた。

「これでよいな?」

王の言葉に自分を取り戻し、王女は父であった人を見つめた。

その王の瞳に浮かんでいたのは、娘にいだく父親の愛情ではなかった。その時、王女の心は決まった。

「明日、国王様と結婚いたします」

そう答えるしかなく、王女は城を出て行くことを心に決めたのだった。


その夜、王女はそっと部屋を抜け出し、台所に下りた。持ってきたものは、母の形見の金の指輪と金の糸車、そして金の糸巻と、国王から贈られた千匹皮のマントだった。

美しい三枚のドレスは必要なかった。王女は台所の竈《かまど》の灰をマントにまぶし、髪や顔、手足も黒くすると、下働きの女を装って城を出た。

そして、黒々とした、闇の盛り上がりのように見える森に向かって歩いた。しかし、歩くことに慣れていない王女は、すぐに足が痛くなり、真夜中を過ぎるころには、もう歩けなくなっていた。

そんな時、一本の大木に大きなうろを見つけて、王女は少し休むことにしてもぐり込んだ。

王女は夜が明けたのも知らずに眠り込んでいた。ようやく騒がしい物音に目を覚ますと、何人もの猟師が、猟犬とともにうろの中を覗《のぞ》いている。

(連れ戻される……)

絶望の思いを抱えた王女は、猟師の一人に引きずり出された。もう日はずいぶん高かった。

「なんだ、こいつ、人間か?」

猟犬が、よだれを垂らしながら、王女のまわりでうなる。

王女は忘れていたが、薄汚れた今の格好は、少女であることさえわかるものではなかった。

「こいつ、人間だぞ?　おい、おまえの親は?」

王女は、驚きに口もきけず、ただただ首を振るだけだった。

一人が王女のマントのフードをはねのけた。そこに出てきたのは、目鼻だちもよくわからない顔だった。ただ、長いもつれた髪の毛から、かろうじて女であることがわかる。

「おい、もういいだろう。こんな薄汚い女はほうっておいて、さっさと王女様を捜そう」

もう一人の猟師が、王女をじろじろと見ている男の腕を引いた。

ホッとしながらも、いつばれるかと、王女の胸は爆発しそうに鼓動を打っていた。

「いや、待てよ。料理番のやつが、こき使えるやつが欲しいと言っていた。親に捨てられたガキだな。こいつならいいんじゃないか。少々殴っても大丈夫そうだ」

王女の腕をとらえている猟師が言った。

王女は逃げてきた城になど戻りたくはなかった。だが、どうしても声を出すことができない。

「じゃあ、俺はこいつを城に連れて行ってから、あとを追うよ」

そう言って、猟師の一人は、王女の腕をつかんだまま、仲間と別れて城への道をたどった。

城に戻った王女は、太った料理番のいる台所に連れて行かれた。猟師は、料理番にひと通り説明すると、すぐに仲間のもとへ帰っていった。

城は騒然としていた。自分を捜しているのだと王女は感じた。正体がばれてはまずい。王女はうつむき、マントをきつく体に巻きつけた。

「こいつはいい……」

料理番はにやりと笑った。彼は目の前の小汚いものを眺め回した。獣の皮を、しかもボロをつなぎ合わせたようなマントを着ている少女——おそらくそうだろう——なら、どんな扱いをしてもいいというものだ。

「おまえの名前は？」

王女は首を振った。名前など何も思いつかない。

「そうか……名前はないか」

料理番は言って、意地悪くうなずいた。

「では、おまえは千匹皮だな」

その日から「千匹皮」の生活が始まった。

◆母の幻聴と夢の中の殺人

与えられた部屋は、階段の下の日も差さない小部屋だった。彼女は、毎朝、誰よりも早く起きて竈《かまど》の灰をかき出し、水や薪《まき》を運んで、誰もやりたがらない仕事をこなさなければならなかった。

料理番は、何かいやなことがあるたびに彼女に当たった。慣れない仕事を懸命にこなしていた千匹皮も、日々、気力が萎《な》えていくのを感じた。

ある日、国王の癇癪《かんしゃく》の被害を受けた給仕係が料理番にあたり、その料理番の鬱憤《うっぷん》のはけ口として千匹皮は殴られた。

ばったりと床に倒れた彼女に、料理番が冷たい目を向ける。

「なにをグズグズやっているんだ。さっさと水を汲《く》んでこい」

今、野菜を運んできたばかりだった千匹皮は、悲しくてたまらなかったが、口答えもできなかった。のろのろと起き上がり、井戸に向かう。

桶《おけ》に汲んだ水に顔を映してみると、汚れてはいても、うっすらと腫《は》れているのがわかる。

〝決して、傷をつけないで……決してね〟

頭のどこかで、母の声がした。悲しそうな声だった。懐かしい声でもあった。

千匹皮の目に涙が浮かんで、桶の中の水にポツンと落ちた。

「許さない……」

ふと気づくと、そんな言葉をつぶやいている。千匹皮はハッとした。だが、自分の心のどこを探っても、悲しみ以外は見当たらない。

「千匹皮、何をしている！」

料理番が叫んでいる声に、彼女はあわてて桶を持って、台所に戻った。

千匹皮は自分が夢を見ていることを知っていた。夢の中で、彼女は料理番が眠っているベッドの横に立っている。その手にナタを持って……そして手を振り上げ、振り下ろす……。

「キャーッ！」

千匹皮は部屋の隅の藁《わら》布団《ぶとん》で悲鳴をあげた。怖い夢だった。

だが、夢を見たのは、その夜だけではなかった。次の日も、そのまた次の日も、彼女は料理番のベッドの横に立ってナタを振り下ろす夢を見た。ハッと目覚めて飛び起きても、手にはナタを握っていた感触がしっかり残っている。

千匹皮は、毎晩眠れない日が続き、だんだん無気力になっていった。

〃かわいそうな子……そんなに苦しまなくていいのよ……さあ……眠りなさい〃

ひどい夢を見始めて何日目かに、懐かしい母親の声を聞き、千匹皮は久しぶりに安らかな眠りに落ちた。

そのうち、よく働く彼女を気に入ってきたのか、料理番は少し優しくなった。そして、千匹皮も、誰も見ていないところでだが、時々、人が変わったような笑みを見せるようになった。

ある日、舞踏会が開かれることになった。どうやら、国王は、いなくなった王女のことをあきらめ、新しいお妃選びをすることになったらしいという噂だった。

千匹皮は料理番に頼んだ。

「ほんの少しだけ、大広間を覗いてきてもいい？」

「ああ、行っておいで」

料理番は猫撫《ねこな》で声で答えた。

「だけど、三十分だけだよ。おまえにはまだ灰をかき集める仕事が残っているだろう」

千匹皮は、小屋に戻って水で体中のすすを洗い落とし、侍女の服を着て、城の衣装部屋へ向かった。

鍵はかかっていたが、彼女は難なくその部屋に入ってドレスを選んだ。彼女が手にしたのは、国王に頼んでつくってもらったドレスの一枚だった。

千匹皮は、くすくす笑いながら、金糸の刺繍がふんだんに入ったドレスを身につけた。

「どうして、こんな素敵なドレスを手放せるものですか……」

姿見で自らの美しさを確認しながら、千匹皮は、かつて見せたことのない不敵な笑みを浮かべていた。

大広間へ行った。堂々とした立ち居ふるまいの美女の出現に、集まっていた人々は次々に場所を譲った。彼女がめざす先には、国王がいた。

「なんと……王女そっくりではないか」

国王の目はすぐに彼女に吸い寄せられ、音楽の始まりとともに、その手を取って踊り始めた。美しい顔に見とれていた国王が、彼女の素性を尋ねようとした時、音楽が終わった。

曲が終わった途端、美女はドレスの裾《すそ》を翻《ひるがえ》して駆け出した。

「待て……」

国王の何人もの花嫁候補が次のダンスの相手をしようと待ちかまえており、国王は、その場を動くことができず、侍従に美女の後を追わせたが、結局見つけることはできなかった。

◘実父の偏執的愛情

千匹皮は、まっすぐ自分の部屋へ戻った。まだ心臓が早鐘を打っている。着替えをすませると、彼女はあわてて台所へ急ぎ、竈の灰をかき出そうとした。すると、料理番がイライラして言った。

「俺も舞踏会を覗いてくるから、おまえは国王様のためにスープをつくるんだ！　いいか。髪の毛一本たりともスープに入れるんじゃないぞ。そんなマネをしてみろ――」

その時、千匹皮は立ち上がって料理番をきっと見据えた。初めて見せる、射るような目つきだった。料理番は言葉を呑《の》み込み、引きつったような笑顔をつくった。

「灰をかき出すのは明日でいいぞ。スープをつくったら、もう休んでいいから」

千匹皮は、スープをつくり、いったん自分の部屋に戻ってから金の指輪を持って戻り、深皿に金の指輪を置いて、その上からスープを注いだ。

舞踏会が終わり、スープが給仕の手によって運ばれるのを見届けると、ようやく千匹皮は自分の部屋に戻った。粗末な藁布団でウトウトしていると、料理番が飛び込んできた。

「おい！　おまえ、いったい何をやらかしてくれたんだ？」

千匹皮は、きょとんとして料理番の顔を見た。

「私は確か、スープをつくって……」

「ああ、おかげで王様に呼ばれちまったよ！　あれほど言ったのに、髪の毛でも落としたんだろうよ。もしも本当にそうだったら許さねえからな！」

そう言うと、料理番はあたふたと国王のもとに向かった。

千匹皮は、その料理番の背に向かって、

「あら、私はスープは得意なのよ。まずいわけがないのに」

楽しげに笑って言うのだった。

しばらくすると、料理番が、狐《きつね》につままれたような顔で千匹皮の部屋に戻ってきた。

彼女はまた藁布団でウトウトしていた。

「おい、王様がお呼びだぞ！」

乱暴に千匹皮の肩を揺すった。起こされた千匹皮は、驚いて飛び上がり、真っ青になって問い返した。

「いったい、どうして、王様が私などに会いたがっておいでなのですか？」

「いいから、さっさと行け！」

料理番に追い立てられるようにして、千匹皮は迎えに来ていた侍従のうしろに従った。

千匹皮がやってくると、国王は問いただした。

「おまえは何者だ？　この指輪をどこで手に入れた？　これは私が花嫁に贈ったものだぞ」

国王が親指と人さし指で持っている指輪を見て、千匹皮はハッとした。彼女は激しく首を横に振りたてた。

「私は身寄りのない、ただの娘です。その指輪のことはまったくわかりません」

そう言って、千匹皮は頭を下げたまま国王のもとから退出した。

しばらくして、再び舞踏会が開かれた。そして、同じことが起こった。あの美女が、今度は銀糸で刺繍された素晴らしいドレスを身にまとって訪れたのだ。

「王女だ……余のいとしい王女……」

しかし、国王はそれを確かめることはできなかった。またしても、彼女は、一曲だけ国王と踊ると、身を翻して大広間から消え去ってしまった。

舞踏会が終わったあと、国王のもとへ運ばれたスープの中に、今度は金の糸車が入っていた。それは、やはり、国王が花嫁に贈ったものだった。

また千匹皮が呼ばれたが、彼女は、自分は何も知らないと言い張った。

三度目の舞踏会が開かれることになった。

千匹皮は、また大広間を覗きに行きたいと料理番に頼んだ。

すると、料理番は舌打ちした。

「おまえは魔女じゃないのか？　さもなければ、俺よりうまいスープをつくれるわけがない。しかも――」

料理番はハッとして口を閉じた。しかも――夢で殺されそうになったとは言えなかった。幾晩も、ナタを振り下ろされるところで、料理番も目を覚ましていた。夢では恐ろしげな声が言う。傷つけないで……と。私に傷をつけないで、と繰り返すのだ。

薄気味悪さもあったが、夢でおまえに殺されそうになったなどと、小娘相手に気弱なことを吐けるはずもなく、料理番は千匹皮に対する態度を少し改めていた。

「しかも――なんなの？」

促《うなが》すように言った千匹皮に、料理番は再び舌打ちをして、三十分だけ時間を与えた。

千匹皮は、いつものようにすすを落とし、衣装部屋へ向かった。今回選んだのは、真っ白なドレスだった。それは、奇しくも花嫁衣装のようにも見えた。

国王は彼女が来ることを期待して待っていた。今夜は一計を案じていた。舞踏会に、ほかの花嫁候補の女性は招待していなかった。

美女は、まっすぐ国王の前にやってきて、その腕に抱かれて踊った。国王は、彼女に気づかれないように、その指に金の指輪をはめた。楽団には音楽を長引かせるよう命じてあった。そして、曲が終わっても、その体を離すまいとしていた。

音楽が終わった。その途端、美女は驚きの目を見開き、国王の手を振りほどいて逃げ出した。

「どうして……」

千匹皮の頭の中には、どうして、という言葉が渦巻《うず》いていた。

〝彼はあなたの愛《いと》しい花婿でしょう？〟

誰かの声がする。

「いいえ……いいえ、違うわ」

千匹皮は、自分の部屋に飛び込んで、震える手で顔にすすをなすりつけた。

「あの方はお父様よ。私はお父様の娘だわ」

〝いいえ〟

今度は頭の中の声が否定した。

〝あの方は、あなたの――私の花婿よ〟

「いいえ！」

千匹皮は上《うわ》の空で台所に戻った。不安だった。怯《おび》えが走った。頭の中の声はまだ続いている。その声と会話しながらスープをつくった。料理番はいなかった。彼女は機械的に前の二回と同じ手順を繰り返した。

千匹皮は台所の片隅でカタカタ震えていた。戻ってきた料理番が王様が呼んでいると言うのを、ぼんやりと見つめていた。ぼんやりとしたまま、侍従のあとについて、国王に会いに行った。

国王の手には糸巻があった。千匹皮は、それを見た途端、ますます震え出した。

「そなたは、いったい何者だ？」

国王は、そう言いながら、千匹皮のほうに一歩近づいた。

「私はただの孤児です」

弱々しい声でつぶやき、恐ろしさのあまり、千匹皮は身を翻して逃げようとした。その腕を、国王ががっしとつかむ。

千匹皮の指には金の指輪が輝いていた。

「そなたは……やはり……」

国王は、もう片方の手で、彼女の毛皮のマントを取り去った。そこに現れたのは、金色の髪と美しい純白のドレスだった。上の空でいたため、すすを顔に塗っていただけだった。

国王は大きな手のひらで愛する花嫁の顔を拭った。もう間違いない。その顔は確かに彼の愛する女性のものだった。

「余の愛しい花嫁だ」

〝いやーっ！〟

王女は悲鳴をあげた。気が遠くなる感覚の中、彼女は自分がこう答えるのを聞いた。

「ええ、私の愛しい国王様」

そして、王女はにっこりと会心の笑みを浮かべて国王を見た。

その後、すぐに式が挙げられ、二人は結婚した。やがて王子が生まれ、国王は腕に赤ん坊を抱く王妃を満足げに眺めた。

王妃は愛する夫を見て言った。

「今度は王女が欲しいですわ。私によく似た美しい王女が――」

■初版『グリム童話』の読み方――千匹皮■

中世では決して珍しくなかった〝近親相姦《きんしんそうかん》〟関係

グリム童話には近親相姦を匂《にお》わせる作品がけっこうあります。シンデレラの類話は世界中に数多く存在し、その中には、父親がヒロインに近親相姦的愛情を持つものも少なくないといいます。

編集の段階で、グリム兄弟は、類話がいくつもある時には、いちばん残酷で暴力的な表現を採用しましたが、性をほのめかすような表現は許さず、丁寧に削ったといいます。

その中で一つだけ、近親相姦がそのまま扱われたものがあります。それが、この『千匹皮』です。グリム童話の初版では、国王である父親に求婚されて逃げ出したはずなのに、王女は彼を「愛しい花婿」と呼んで結婚してしまう、矛盾した結末になっています。

二版以降は、『千匹皮』の類話であるペローの『ろばの皮』と同じように、違う国で苦労するヒロインが、やがてその出自の高貴さを認められ、王子と結ばれる話になっています。しかし、初版の『千匹皮』が、花嫁に贈られたとされる指輪など三つの品を効果的に使っていることから考えても、父親とヒロインが結ばれる花婿は同一人物だったと受け取ることができるのではないでしょうか。

一度は父王の求婚を拒否した王女が、わざわざ戻ってきて思わせぶりな行動をとったのはなぜなのか。実は、王女も、父王を深く愛していたのだと言われます。

近親相姦は、しかし、側近や家臣たちの反対を受けます。もちろん、戒律にも反します。そこで、王女は一度身を隠し、別の人間として現れることで、近親相姦の事実を隠蔽《いんぺい》しようと考えたというのです。

毛皮を着ることで、その動物が持っていた力を手に入れることができる、そんな信仰があるといいます。「千匹」分の力を得た王女は、力を超えた「魔」力に魅《み》入《い》られていたのかもしれません。

余談ですが、中世のころには、貴族も庶民も、眠る時はみんな裸になる習慣があったといいますから、キリスト教においてタブーとされる近親相姦も起こりやすい環境ではあったようです。

VII

赤ずきん

Rothkäppchen

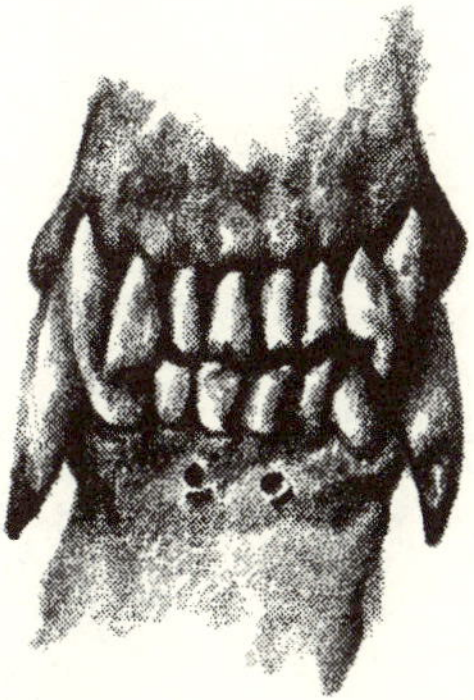

ゆったりと窓辺の椅子にもたれて、おばあさんが一人、チクチクと針を動かしている。皺《しわ》の多い顔に、幸せそうな笑みが浮かんでいる。手にした縫い物を時々持ち上げては首をかしげ、右から眺め、左から覗《のぞ》き込んでいる。細工の具合を確かめているのだろう、少し眉《まゆ》を寄せた顔は真剣だった。

窓から差し込む木漏《こも》れ日が、おばあさんの手元を明るく照らしている。

縫っているのは真っ赤なずきんだった。血のように鮮やかなその色は、明るい日差しを受けて、皺の刻まれたおばあさんの手までもバラ色に染め上げている。

「これは、きっと、あの子に似合うはず」

おばあさんは手を休めずひとりごちた。早く孫娘の喜ぶ顔が見たかった。

数日前のことだった。

おばあさんの家のドアがノックされたかと思うと、孫娘が仔鹿《こじか》のように勢いよく飛び込んできた。栗色の巻き毛を揺すりながら、暖炉の前の揺り椅子に座っていたおばあさんに駆け寄り、膝《ひざ》にとりついた。

「ねぇ、おばあさん。あたし、赤いお帽子が欲しいの。お願い。つくってちょうだい」

「まぁ、なんでしょう、突然。この子は、いつまでたっても小さい子どもみたいに……。みっともないですよ」

あとから部屋に入ってきた母親に軽くたしなめられた孫娘は、わざとふくれっ面をしたが、おばあさんの膝から離れようとはしなかった。孫娘がかわいくて仕方のないおばあさんは、そんなしぐさに、つい目を細めたのだった。

「何度言ったらわかるの。真っ赤な帽子は、おまえには派手すぎると言ったでしょ」

母親は娘が華美な服装をするのを嫌い、いつも地味な服ばかり着せていた。

「でも、欲しいんだもん」

孫娘は口を尖《とが》らせた。母と娘の言い分は平行線をたどるだけで、いつまでたっても折り合わなかった。

二人が帰ったあと、急に静かになった部屋の中で、おばあさんは、どうして赤い帽子を欲しがることになったかを夢中で話す孫娘の言葉を思い出していた。

家の前を二頭立ての馬車が通り過ぎたこと。乗っていたのは若い貴族の夫婦のようで、夫人が被《かぶ》っていた真っ赤な帽子がとても素敵だったこと。その美しさが忘れられないこと。だから、自分もあんな帽子が欲しくなってしまったこと——を、孫娘は日をキラキラさせながら語ったのだった。

（あの子の願いを、なんとか叶《かな》えてやりたいもんだねぇ）

目に入れても痛くないほどかわいい孫娘だった。

その翌日、孫娘の喜ぶ顔見たさに、おばあさんは物売りから真っ赤な色の端切《はぎ》れを買った。しかし、孫娘が欲しがった真っ赤な帽子は、さすがに少々毒々しいように思えて、小さな頭部を包む、慎ましやかな赤いずきんを仕立てることにした。そして、せっせとずきんを縫い始めたのだった。

◇少女から漂う妖しげな匂《にお》い

孫娘は、おばあさんの家から森を一つ抜けた先の村に住んでいる。村でもとびきりの器量よしで、母親はもちろん、まわりの誰もがその子を愛していた。なかでも、とりわけその子を愛したのは、ほかならぬおばあさんだった。

その子の瞳は、妖精たちの住む山奥にひっそりと水を湛《たた》える湖のような深い青色だった。なにかの拍子にじっと見つめられると、吸い込まれてしまうのではないかと錯覚するほどだった。肌はまるで雪のように真っ白だった。その子の手をちょっとでも強く握ったら、その手は淡雪《あわゆき》のように溶けてしまいそうだった。

唇は血のように赤かった。その子が覚えたての歌を歌う時、悪魔の使いがその愛らしい唇を吸いに来るのではないかと、おばあさんは本気で心配するほどだった。

孫娘は、気立てもよく、明るく、のびのびと育った。そして溺愛《できあい》されて育った娘が往々にしてそうであるように、孫娘も少々勝ち気で、栗色の巻き毛の下から青い瞳をクリクリさせて、大人を小バカにするような生意気さがあった。

しかし、そんなこましゃくれた様子も、おばあさんにはかえって愛くるしく映った。

普段は心静かに暮らしているおばあさんも、孫娘のことになると冷静ではいられなかった。時々、もうどうしていいのかわからないほど孫娘を愛《いと》しく思った。

おばあさんが孫娘を大好きなのと同じように、天真爛漫《てんしんらんまん》な孫娘も、自分をかわいがってくれる優しいおばあさんが大好きだった。

（これは、きっと、あの子に似合うはず）

おばあさんは満足そうに微笑《ほほえ》み、今日も針仕事に余念がなかった。

そういえば、と、おばあさんは、あの時に気になった不思議な感覚を思い出していた。

孫娘が膝にとりついて離れなかった時のことだ。孫娘から、何か植物が放つ水の匂いのようなものを感じ、軽いめまいがしたのだった。

少女の可憐な顔立ちと華奢《きゃしゃ》な体つき、そして唇を少し尖《とが》らせて駄々をこねる姿は、幼女のころそのままだったのだが、実は、少女は数カ月前から、月のものを見るようになっていた。しかし、少女が住む村から森一つ分離れた家で一人暮らしをしているおばあさんは、孫娘の急激な成長に気づいていなかった。そのため、少女の肢体からふと妖しげな艶《なま》めかしい匂いが立つ時があっても、強くは意識できなかった。

一方、少女自身も、自分が放っている匂いになど、いっこうに気づいていなかった。少女が貴族の赤い帽子に魅せられたのは無理もなかった。意識するしないにかかわらず、彼女は、もう大人の女だった。

少女が住む国は、階級社会が形成され始め、いろいろな身分の者たちがいた。王がいて、貴族と呼ばれる公爵や伯爵がいる。商売をしている者もいれば、領主や職人、農民もいる。さまざまな階級の人々が身分に応じた生活を送っていた。服装にも、階級によってある程度の決まりがあった。赤や青などの鮮やかな色の服は、たいてい貴族か、あるいはちょっと裕福な中産階級の人々が身につけた。一方、村人が着るような服は、ほとんどがくすんだ灰色や茶色だった。思春期にさしかかろうという少女が、一瞬垣間《かいま》見た貴婦人が被る鮮紅色の帽子に目が釘《くぎ》づけになり、憧れたのは当然と言えば当然だった。

ようやくできあがった赤いずきんは、想像以上に少女の愛らしい顔によく似合った。燃えるような赤い色のずきんは、少女の白い肌をいつも上気しているかのように見せ、瞳の青色は、いっそう深くなったようだった。

そしてなにより、かわいらしいだけだった少女に、今までとはちょっと違う、なんともいえない魅力があふれ始めた。

「ありがとう、おばあさん！　素敵よ、素敵！　さすがはおばあさんだわ！」

少女は飛び上がって喜び、おばあさんにありったけのキスを贈った。そして、どこへ行くにも、このお気に入りの赤いずきんを被った。

鮮やかなその色は、村のどこにいても目立った。ただただ平穏だった村は、少女の赤いずきんの話題でもちきりになった。

まずは同じ年ごろの女の子たちが集まって、うらやましがった。

そして、武骨な狩人や、きこりの男たちまでもが、「どこの貴族のお嬢様だい？」と少女を囃《はや》し立てた。

「おやおや、とんだおしゃれさんだね」

皮肉めいたことを言う村のおかみさんたちがいても、有頂天《うちょうてん》の少女にとっては、そんな言葉はどこ吹く風だった。最初は真っ赤なずきんに眉をひそめた母親も、とうとう根負けしたのだった。

こうして、いつでもどこでも赤ずきんを被る少女は、家族や村の人たちから「赤ずきん」と呼ばれるようになった。

「失礼しちゃう。あたしにだって、ちゃんと名前があるのに」

はじめはむくれて見せていた少女も、

（でも、みんなの注目を浴びるのって、とってもいい気分……！）

ただでさえ村一番の器量よしは、さらに自分を飾ることを覚え、すっかりご機嫌になっていた。

◆狼《おおかみ》の美学

「赤ずきん、ちょっと来てちょうだい」

　ある朝、赤ずきんは母親に呼ばれた。

「このケーキとワインを一瓶、おばあさんの家に持って行っておくれ。おばあさんが病気で弱っているらしいの。これを食べれば元気が出るわ」

「まかせてちょうだい」

　赤ずきんは元気よく答えた。

「いいかい、いつもの道をまっすぐお行き。寄り道なんてするんじゃないよ。ちょっとでも脇道にそれたりしたら、おてんばさんのおまえのこと、きっと転んで瓶《びん》を割ってしまうに決まってるんだからね。そんなことになったら、おばあさんに何もあげられなくなってしまうでしょ。家に着いたらきちんとご挨拶をして。きょろきょろよけいなところを覗いたりするんじゃないよ。それと、私からよろしくって伝えてちょうだい。用がすんだら、すぐに帰ってくるのよ」

「ええ、わかったわ」

　赤ずきんは母親に約束した。

手には渡されたバスケット、頭にはもちろん赤ずきん。少女は、さっそく森の中に建つおばあさんの家に向かい、意気揚々と森の中へ消えて行った。

森は、そこかしこから木漏れ日が差し込み、けっこう明るかった。小鳥たちが蜜を吸いに来る花盛りの大木からは、ハラハラと真っ白な花びらが降り零《こぼ》れてくる。聞こえてくるのは小鳥のさえずりと虫の羽音、そして風が鳴らす葉擦《はず》れの音ばかりだ。

赤ずきんは、それまで、一人でおばあさんの家に行ったことがなかった。おばあさんの家までは、赤ずきんの村から半時間ほどだ。今までも何回か母親と一緒に歩いているので、赤ずきんにとっては馴染《なじ》みの道のりだった。それでも初めて一人で歩く森の風景は新鮮だった。赤ずきんは一人で森を歩く解放感で胸をワクワクさせていた。

(でも、おかあさんとの約束も守らなくっちゃね)

寄り道をしないこと、脇道にもそれないこと。ワクワクする一方で、赤ずきんは母親から言われたことも忘れてはいなかった。大好きなおばあさんも、赤ずきんが来るのを心待ちにしているはず。赤ずきんはしっかり前を向いて先を急いだ。

しばらく歩いて行くと、赤ずきんは狼とばったり出会った。一人で森を歩くのも初めてなら、面と向かって狼に会うのも初めてだった。そして、呆《あき》れたことに、赤ずきんは、狼がどんなに怖いものか、よく知らなかった。

「こんにちは、赤ずきんちゃん」

狼の挨拶は感じがよかった。しかし、それよりも赤ずきんが感激したのは、狼が自分を「赤ずきん」と呼んだことだった。

(やっぱり、この赤ずきん、あたしによく似合うんだわ……！)

すっかり気をよくした赤ずきんは、にこやかに笑いながら、狼に挨拶を返した。

「こんにちは、狼さん」

「こんなに朝早くから、どこへ行くの？」

「おばあさんのところへ行くのよ」

「エプロンの下には何を持ってるの？」

エプロンの下？

狼の質問に、赤ずきんはちょっと考えて答えた。

「おばあさんが病気で弱ってってね、ケーキとワインを持って行くの。ほら、ケーキもワインも、このバスケットの中よ」

「フーン」

狼は気のない返事をした。

狼のキラキラ光る目は、バスケットの中身より、エプロンの下に隠れた赤ずきんのふっくらと広がったスカートのあたりが気になる様子だった。

「で、おばあさんは、どこに住んでるの？」

「ここからもう十五分くらい行った森の中よ」

狼の目がだんだん輝きを増していくのとは反対に、赤ずきんはだんだん狼を煩《わずらわ》しく感じ始めていた。頭に被った赤いずきんのことなら、いくらでも話はあった。だが、狼の質問は、赤ずきん自身のことより、持ち物やおばあさんのことばかりだった。それが赤ずきんには不満だった。

(狼さんの目って、あんなにキラキラ光るのね。怖いような、うっとりしちゃうような、変な感じ。それにしても、なんでこんなにいろんなことを聞くのかしら。おばあさんに会いたいなら、さっさと会いに行けばいいのに)

赤ずきんは、

「おばあさんの家はね、三本の大きな樫《かし》の木の下にあるの。ハシバミの茂みがあるから、すぐにわかるわ」

と、狼におばあさんの家を教えた。

狼はにっこりしてうなずき、

「ところでねぇ、赤ずきん」

と、首を傾《かし》げながら言った。

「どうして、君は森の中のきれいな花を見ないの？　まるで学校にでも行くみたいにどんどん歩いていくけど、もっとまわりを見てごらんよ。森の中ってのは、とっても楽しいところなんだよ」

突然の狼の提案に、赤ずきんはびっくりして森の中を見渡した。

夜が明けてまもない森の中は、薄いベールのような朝霧が木々の間を流れ、そこへ光の矢のような太陽光線が幾筋も差し込んでいる。足元には朝露をいっぱいに含んだ草花が咲き乱れ、色とりどりのキノコが小さなかわいらしい頭をもたげ、あたり一面は、あたかも色ガラスをちりばめたようだった。

（そうだ。これで花束をつくって持って行ったら、おばあさんはどんなに喜ぶかしら。まだ時間も早いんだもの。そんなに遅くはならないわ）

狼のひと言で、赤ずきんの心は、すっかり森の花々に奪われていた。

「ありがとう、狼さん。あたし、おばあさんのためにお花を摘《つ》んでいくわ。それじゃ、さよなら」

足取りも軽く道からそれて行く赤ずきんを、狼はフフンと見送った。

（バカな娘だよ。さ、おいらも急がなくちゃ）

狼はここ三日ほど、何も食べていない。そこへのんきそうな赤ずきんが通りかかったのだ。ひと目見た時から、赤ずきんを貪《むさぼ》り食おうと決めた。だが、聞けば、おばあさんのところへ行くという。ならば、まずはおばあさんを平らげ、それからおいしそうな赤ずきんを食べてやろう、というのが狼の魂胆《こんたん》だった。

狼は、そこらへんの狐《きつね》や鷹《たか》とは違って、美食家だった。効率よく獲物を狙い、しかも、彼の眼鏡にかなった獲物は、いちばん最後にゆっくり味わう。それが彼の美学だった。

赤ずきんは、実に愛らしく、そして見るからに美味《うま》そうだった。むしゃぶりつきたくなるような御馳走《ごちそう》を前に、彼の体は久々に興奮で震えた。無心で花を摘む赤ずきんの姿を遠目に見ながら、彼は一目散におばあさんの家へ走った。

◘下着姿にまでされた赤ずきん

トントン。

「……どなた？」

「あたしよ、赤ずきん。お母さんに言われてケーキとワインを持ってきたの。扉を開けてちょうだい」

おばあさんの家に着いた狼は、荒くなる息を抑えながら、赤ずきんの声色《こわいろ》をまねて扉を叩いた。

赤ずきんと聞いて、おばあさんの病んだ頬《ほほ》にパァッと赤みが差した。おばあさんは、うれしくなって、急いでベッドから呼びかけた。

「体が痛くて起き上がれないんだよ。扉は外の紐《ひも》を引っ張れば掛け金が上がるからね」

答えの代わりに掛け金がカタンと持ち上がった。ギーッと扉が開き、その先の森の緑が少しずつ広がっていくのが、おばあさんの目に入った。おばあさんは、赤ずきんが仔鹿のように飛び込んでくるのを、今か今かと待ち受けた。

しかし、そこに赤ずきんの姿は見えなかった。

いるのは、目をぎらつかせた一匹の狼だった。獰猛《どうもう》に牙を剥《む》き、喉《のど》の奥から悪魔のような唸《うな》り声をあげている。ベッドから微笑みかけていたおばあさんの目が、一瞬にして凍った。

「……っ！　だ、誰かっ！」

おばあさんの叫びは濁って消えた。

間髪を入れず部屋に躍り込んだ狼は、その体を鞭《むち》のようにしならせ、あっという間におばあさんを呑み込んだ。そして、主を失ってぽっかり枕元に残ったナイトキャップを荒々しく被ると、おばあさんのベッドにもぐり込み、顔が隠れるまで深々と布団《ふとん》をあげた。

あとは、この温かいベッドの中で、素敵な御馳走が来るのを待つばかり、と狼はほくそ笑んでいた。

そのころ赤ずきんは、野バラを摘み、スミレを摘み、ふと見上げた向こうにデイジーの一叢《ひとむら》を見つけると、立って行ってデイジーの花を摘んだ。森の奥へ行けば行くほど、可憐《かれん》な花々は綺羅星《きらほし》のごとく咲き乱れ、彼女のエプロンは花で満たされた。

森にこんなに美しいところがあったとは驚きだった。すっかり花摘みに夢中になった赤ずきんは、ふと母親の忠告を思い出した。

（おかあさんは脇道にそれちゃいけないって言ってたけど、きっと森にはこんなにきれいな花が咲いてるってことを知らないんだわ。家に帰ったら、すぐに教えてあげよう。ワインの瓶だって、ちゃんと割れないように注意すれば大丈夫。あたしだって、もう子どもじゃないもの。でも、狼さんって親切ね。おかげでお花がこんなにいっぱい。見かけはちょっと怖そうだったけど、きっと心が優しいんだわ）

森の美しさに感動した赤ずきんにとって、母親の忠告はどうでもいいものになった。

バスケットをそっと地面に置くと、赤ずきんは地面に座った。エプロンの花を選《え》り分けて花束をこしらえる。花に誘われた蜜蜂《みつばち》が、ブーンと彼女のまわりを飛び回る。

その時、ふいにコーン、コーンと、きこりの斧《おの》の音が遠くから響いてきた。

「そろそろ行かなきゃ」

夢見心地だった赤ずきんは、急に現実に引き戻されて、ようやく立ち上がった。そしてあわてていつもの道に戻り、足早におばあさんの家へ向かった。

おばあさんの家に着いた赤ずきんは、いつもと様子が違うことに気がついた。

(あら、扉が少し開いてる。変ね?)

不思議な胸騒ぎがした。赤ずきんは、遠慮がちにトントンと扉を叩いた。

(フン、おいでなすったか)

ベッドの中で狼の目がキラリと光った。狼はおばあさんの声をまねて答えた。

「……どなた?」

ひどい声だった。風邪《かぜ》をひいた老婆の、それも野太い嗄《しやが》れ声に近かった。

異様な声に赤ずきんは戸惑ったが、とりあえず返事があったので、母親に言われた通り、きちんと挨拶をした。

「私よ、赤ずきん。おかあさんに言われて、ケーキとワインを持ってきたの。入ってもいいかしら」

「掛け金は上がってるよ。お入り」

赤ずきんがそっと家に入ると、いつもなら笑顔で迎えてくれるおばあさんが、深々とベッドに横たわっている。その姿が、やっぱりいつもと違う。

「おばあさん、ケーキとワインはどこに置いたらいい? あとね、見て。お花もいっぱい摘んだのよ」

「そこのテーブルに置いておくれ」

おばあさんは、ベッドに埋もれたまま、赤ずきんに言った。せっかく赤ずきんがつくってきた森の花のブーケを見ようともしない。

「それよりも、赤ずきん、疲れただろう？　さぁ、服を脱いで、ここに一緒に横になり」

（え……やっぱり、何か変だわ）

赤ずきんは考えた。しかし、彼女は今まで人にかわいがられるばかりで、ひどい目に遭ったことがなかった。だから、こんな時でさえ、怪訝《けげん》に思う半面、怖いもの知らずの勝ち気さが頭をもたげてしまう。

（なんだろう、おばあさんのベッドにあるもの。おかあさんは家の中をキョロキョロ見回すなって言ったけど、あたしが見たいのはあそこだけ、いったい何があるのかしら……）

赤ずきんは、好奇心を抑えることができず、まずはエプロンを脱いだ。

「おばあさん、このエプロン、どこに置こうか」

赤ずきんは聞いた。

「火にくべてしまうといいよ。どうせ、おまえにはもういらないからね」

おばあさんは赤ずきんを見もしないで答えた。赤ずきんは、訝《いぶか》しがりながらも、おばあさんの言う通り、白いエプロンを暖炉の火にくべた。

「じゃ、このチョッキはどこに置こうか」

「火にくべておしまい。どうせおまえにはもう必要ないんだから」

おばあさんの息が荒い。それに、

（おばあさんがそんなことを言うはずがない）

心臓をギュッとわしづかみにされるような感覚の中で、それでも赤ずきんは少しずつ服を脱ぎ始めた。ワンピース、靴下、ペチコート……一枚一枚、服を床に滑らせ、そのたびに「どこに置こうか」と聞いた。おばあさんの答えは、すべて同じだった。

「火にくべておしまい。おまえにはもういらないんだから」

赤ずきんの淡雪のように白い肌がむき出しになった。下着姿の赤ずきんは、おばあさんのベッドに近寄ると、そっとかがみ込み、ナイトキャップに顔を寄せた。

おばあさんとは違う匂いだ。なにか泥臭く、強烈な匂いだ。

それでも、なぜだか体の奥から突き上げてくるような強烈な感覚が赤ずきんを捉えていた。

嫌悪する気持ちと、快い気持ち……。

まるで誘われるように、赤ずきんはベッドにもぐり込んでいった。

「あら、おばあさん、なんて大きな耳」

おばあさんは、ナイトキャップからはみ出た耳を、執拗《しつよう》に赤ずきんにこすりつける。

「おまえの声がよく聞けるようにだよ」

「あら、おばあさん、なんて太い腕」

おばあさんはしっかりと赤ずきんを抱きしめる。

「おまえをこうして抱くためじゃないか」

「おばあさん、なんて大きな目」

ナイトキャップの下から、キラキラ光る目が赤ずきんを凝視する……。

（あっ、この目は……！）

赤ずきんの顔に、初めて怯《おび》えとも陶酔ともいえぬ表情がよぎった。この吸い込まれてしまうようなキラキラ光る目。確か、さっき、森の中で出会った狼さんの……。

その時、布団をはね飛ばして、大きな口が赤ずきんの前に現れた。

「おばあさん、なんて大きな口なの！」

「おまえを食べるためさっ！」

いやっ！　と思うまもなく、狼が躍《おど》りかかった。赤ずきんの体のどこかで、引き裂かれるような激痛が走った。あたし、食べられちゃうの？　何か悪いことしたの？　森は花ざかりだって狼さんが教えてくれたのに。赤ずきんって呼んでくれたのに……。

「狼さん、赤ずきんのこと、好きじゃないの？」

「ハッ、ハッ、ハッ、うーん……うっ」

狼の黄ばんだ歯がかち合い、荒々しい息と呻《うめ》き声が迫ってくる。

あっという間に、赤ずきんは暗闇に放り込まれていた。


「赤ずきん、赤ずきん……」

気がつくと、眩《まぶ》しい光が差し込んでいる。えっ、とベッドから起き上がると、おばあさんと狩人のおじさん、そして腹を割かれた狼がゴロリと床に転がっているのが見えた。

おばあさんの話によれば、異変に気づいた通りがかりの狩人が、狼を捕まえて腹を割き、おばあさんと赤ずきんを助けてくれたという。

「ああ、無事でよかった。もうどうなっちまうのかと思ってねぇ」

狩人が言った。おばあさんは顔を涙でぐしょぐしょにして言葉が出ない。

「こんなワルは見たことがねぇ。お嬢ちゃん、もう二度と悪さができないように、こいつの腹ん中に石でも詰めてやんな」

狩人は赤ずきんに言うと、さもいまいましそうな顔で狼を睨《にら》みつけた。

生きているのだろうか、死んでいるのだろうか。狼は薄目をあけて横たわっていた。

赤ずきんは、狼に近づき、狩人の言うままに、その腹に大きな石をゴロゴロ詰め込んだ。腹がふくれるほどに詰め込んだ時、突然、狼の目がギロリと光った。足がピンと跳ね上がり、ガバッと起き上がろうとした。が、腹の中の石が重過ぎたのだろう、狼は死んだ。

赤ずきんとおばあさんはケーキを食べ、ワインを飲んだ。おばあさんは、ようやく人心地ついたのか、笑顔が浮かび始めた。

しかし、赤ずきんは、テーブルに転がっている色とりどりの花束を見た時、ふいに涙が込み上げてくるのを止められなかった。

「どうしたんだい？」

おばあさんが心配そうに聞いた。赤ずきんは心の中が混乱するばかりで、気持ちを言葉にできなかった。

（狼さん。狼さんは赤ずきんのことが嫌いだから食べたの？　好きだから食べたの？　あたしは狼さんが嫌いじゃなかったのに）

赤ずきんは、いつまでも泣きじゃくっていた。

おばあさんは、そんな赤ずきんの髪を優しく撫《な》でながら言った。

「おお、よしよし。泣くんじゃないよ。怖かったねぇ。これからはおかあさんが寄り道をしちゃいけないって言ったら、絶対してはいけないよ。でないと、また同じ目に遭うかもしれないんだからね」

■初版『グリム童話』の読み方――赤ずきん■

中世のヨーロッパを震撼させた〝人狼《じんろう》〟伝説

絶体絶命の赤ずきんとおばあさんを救ったのは、通りがかりの狩人でした。

ところが、不思議なことに、このハッピーエンドの使者は、話の最後に突然登場し、どこの誰とも語られていません。いったい、この狩人は何者なのか。

そこで気がつくのは、『赤ずきん』の話には父親が出てこないことです。

ブルーノ＝ベッテルハイムは、その著書『昔話の魔力』の中で、赤ずきんの父親は「狩人」と、そして意外なことに、「狼」にその存在が投影されていると解釈しています。

少女は、成長の過程で、自分の父親に対して強い憧れを持つ時期があります。

その時期、少女は、父親に最も愛されたいと思い、無意識のうちに母親から父親を奪いたいとまで思うものです。

狼が赤ずきんを誘惑するのは、赤ずきんが父親に対してそうしてほしいと願う心理の表れであり、また、それを願ったために陥った危機からは、やはり父親に救ってほしいと思うのです。それが結末に登場する狩人というわけです。

『赤ずきん』の話は、幼い女の子の話のように描かれがちですが、実は、思春期前後の揺れ動く少女の話と捉えることもできるのです。


赤ずきんを溺愛《できあい》するおばあさんが、実は赤ずきんに食べられていた話をご存じですか。

『赤ずきん』の話はフランスの口承民話が原話だといわれています。

内容は、百姓娘と狼の知恵比べのような話で、大筋は同じですが、最後に百姓娘は自力で狼の毒牙《どくが》から逃れることになっています。この話では、なんとおばあさんが百姓娘に食べられてしまうのです。

おばあさんを襲った狼は、その肉を戸棚に、その血を瓶に詰めてテーブルに置く。そして、訪ねてきた娘にそれを食べるようにすすめ、何も知らない彼女はそれを平らげる。

娘がおばあさんの血肉を飲んだということは、おばあさんの知恵や技術が彼女に伝承されたことを暗示しているといわれています。だから、民話の中の百姓娘は、機転をきかせて間一髪で狼から逃げ出せるのです。

年長者から処世術を受け継いだ娘は、自分で自分を守る「したたかさ」を身につけているのです。

ところが、グリム版『赤ずきん』は、自分を守るどころか、母親の注意を無視したために酷《ひど》い目に遭ってしまいます。

フランスの原話の逞《たくま》しさに比べて悲劇的な要素が強い分、逆にグリム版『赤ずきん』は教訓物語的な色彩が強いといえます。

『赤ずきん』に出てくる狼を男性の隠喩《いんゆ》、または、まだ自分を律することのできない未熟な者が陥りやすい誘惑の象徴とする見方が一般的です。

ところが、『赤ずきん』の狼は、そういった象徴的なものではない、とする説があります。十五、六世紀のヨーロッパを震撼させた「人狼」の話だというのです。

人狼とは、俗に言う狼憑《つ》きのことで、最も有名なのが、あの「狼男」です。人間でありながら狼のような容姿に変身し、獰猛《どうもう》にして残忍。人や家畜を貪《むさぼ》り食うと言われています。

今日では精神病的な解釈もできますが、当時、人狼は、魔王との契約によって変身が可能になったのだといわれ、同時に、魔王の下僕であると信じられていました。

人狼裁判は、魔女狩りと並んで、中世異端狩りの標的として盛んに行われたようです（実際には反キリスト教徒や反体制派が槍玉《やりだま》にあがることが多かったようですが）。

『赤ずきん』の原話が伝えられたフランスは、ヨーロッパ各国の中でも、特に人狼伝説が根強かったといわれます。

人狼裁判の記録には、実際に子どもを襲って食べた話もあり、そのため、当時は子どもだけでなく、多くの人々が人狼に対する恐怖のため、一人で野原や林を横切ることをためらったと言われています。

『赤ずきん』の話が人狼に襲われた女の子の話だという説は、こうした時代背景に由来しているのです。

VIII

ガチョウ番の娘

Die Gänsemagd

年老いた王妃がいた。

夫君である王はだいぶ前に亡くなり、お妃《きさき》の手元には見目麗《みめうるわ》しい姫君が一人遺《のこ》された。お妃は、姫を掌中《しょうちゅう》の珠《たま》のように慈《いつく》しみ育て、姫は慎み深い美しい娘に成長した。

年ごろになった姫は、しかし、いっこうに縁談に興味を示さなかった。

「どなたかよい方はいらっしゃらないかしら」

お妃は姫の縁談に心を悩ませていた。娘にはできる限りの支度《したく》を調《ととの》えてやりたい。そのためには、自分が元気なうちになんとかしなければ、と考えていた。

お妃はもう、余命を数える年代にあった。

しかし、お妃の気持ちとは裏腹に、姫は結婚のことなど何も考えていなかった。

内気な娘は、口にこそ出さなかったが、優しい母と一緒にこの城で暮らせれば、それでいいと思っていた。

◇母から渡された、血がしたたる小布

ある日のことだった。

突然、姫に縁談話が舞い込み、トントン拍子に婚約にまで話が進んでしまった。相手は遠く離れた国の王子だった。

お妃の胸中は複雑だった。

王子の国は、草原を越え、川を渡り、いくつか丘も越えて行かなければならなかった。そのため、もう娘には会えないかもしれないというお妃の悲しみは、たとえようがなかった。

一方で、これで姫の将来の幸せがようやく約束されるのだと、胸のつかえが下りたような気がして、お妃はホッとため息もつくのであった。

遠い他国に嫁ぐ娘のために、お妃は十分すぎるほどの支度を調えさせた。この日のために少しずつ用意しておいたものに加え、贅《ぜい》を尽くした化粧道具、異国から集めた宝飾品や金銀細工、絹やら綾《あや》やら目にもまばゆい織物……王家の花嫁として、不足なものは何一つなかった。

お妃は一人の侍女を呼んだ。そして、王子の国に行き着くまでの間、姫に付き添って身の回りの面倒を見るよう言い含めた。

また、お妃は姫と侍女に一頭ずつ馬を用意した。姫に与えられた馬は、ファラダという名前で、人間の言葉を理解し、しゃべることもできる馬だった。

すべての荷造りがすみ、とうとう輿入《こしい》れの日、お妃は姫を寝室に呼び入れた。

「ついに輿入れですね。そなたともお別れです。母は一緒に行くことはできませんけれど、あちらの国に着いたら、王子様によく仕えて、かわいがってもらうのですよ」

「お母様……」

姫はお妃に抱きついた。

「私、お嫁になんて行きたくない。お母様とここで一緒に暮らしたい」

お妃は無理に笑いをつくって答えた。

「何を言うのです。遅かれ早かれ、お嫁には行くもの。お父様もきっと天国で喜んでいらっしゃいますよ」

そう言うと、お妃は立ち上がって鏡台に歩み寄り、小引き出しから小刀を取り出した。

（……？）

お妃の所作に、姫が訝《いぶか》しがっている間もなかった。お妃は手にした小刀をクッと指に押しつけた。お妃の指先から真っ赤な血がにじみ出した。

お妃は少しもあわてず、まるですべての段取りがわかっているかのように、指に真っ白な小布をあてがい、きっちり三滴の血をしたたらせた。そして、目を見張っている姫に小布を渡して、こう言った。

「これを大事にしまっておきなさい。途中、きっと必要になります」

お妃は、姫がかつて見たことのない厳粛な言い方をした。

姫は、驚きを隠せず、言葉を呑み込んだ。黙ってうなずき、小布を胸元にしまった。

こうして別れの挨拶をすませると、姫と侍女は馬に乗り、王子の国へ出発した。姫は何度も振り返り、お妃も、姫が見えなくなるまで佇《たたず》んでいた。

最初の草原を越えて川に出た時だった。姫は馬上から付き添いの侍女を振り返って言った。

「喉《のど》が渇《かわ》いたわ。おまえ、ちょっと馬を降りて、盃《さかずき》で小川の水を汲《く》んできてほしいのだけど」

出発する際、侍女は金の盃を姫から預かっていた。しかし、侍女は馬から降りなかった。そして、姫に向かって、

「水が飲みたいのなら、ご自分でどうぞ。岸に腹這《はらば》いになれば飲めますわ」

と言い放った。姫はこんな言われようは生まれて初めてだった。どうしてこんなことになるのかわからなかった。仕方なく自分で馬を降り、侍女の言う通り、岸に腹這いになって水を飲んだのだった。

「ああ、情けない」

姫はため息をついた。すると、胸元に入れてあった、お妃の血が三滴したたっている真っ白な小布が答えた。

「もし、あなたの母上がこれを知ったら、胸が張り裂けてしまうでしょう」

しかし、おとなしい姫は、それ以上何も言わず、再び馬に乗った。

太陽はジリジリと姫の体を突き刺す。姫は、また喉が渇いて、侍女を振り返り、水を汲んでくるように言った。しかし、侍女は、さっきよりも、もっと意地悪な調子で答えた。

「飲みたきゃ自分で飲めばいい。あんたの女中はごめんだわ」

姫はどうしていいのかわからない。また、岸辺に屈《かが》んで水を飲んだ。ため息をつくと、胸元の小布が再び、

「もし、あなたの母上がこれを知ったら、胸が張り裂けてしまうでしょう」

と言う。

（このままでは、お母様の胸が張り裂けておしまいになる……）

ふと、姫は出発前に見た母の顔を思い出した。お妃は優しい人であった。しかし、非のある者には罰を与える厳格さもあった。

もし、城にこんな恥知らずな侍女がいれば、迷わず地下牢《ちかろう》に閉じ込め、仕置きをしただろう。

国王亡きあとも城に規律が行き届き、姫が何不自由なく過ごせたのは、お妃の的確な気配りのおかげなのだった。

（でも、お母様、私、どうしたらいいの……）

こんな時、お妃ならどうするか、姫は考えなければいけなかった。しかし、とめどもなくあふれる涙で、何も考えられなかった。

その時、姫が川に身を乗り出しすぎたためだろう、小布が胸元からスルリと川に落ち、あっという間に流された。不安と悲しみで胸がいっぱいの姫は、それに気づかなかった。

しかし、侍女は小布が流されていくのを、馬上からしっかり見ていた。侍女は手を打って喜び、戻ってきた姫に言った。

「ファラダにはあたしが乗る。あんたはこのボロ馬に乗りなさい」

迂闊《うかつ》にも小布をなくした姫は、お妃のお守りの力を失ってしまった。

同時に、自分で考えようとする力も失ってしまった。

あとは侍女の言われるがままだった。侍女は、さらに姫の衣装と自分の服を取り替えるように言い、姫は従うよりほかに術《すべ》がなかった。

侍女は、今まで着たこともないすべすべの服地に袖《そで》を通し、頬《ほお》を当ててうっとりした。身だしなみのよい姫がたっぷり含ませた香の匂《にお》いも心地よい。侍女は姫を一瞥《いちべつ》して言った。

「ふん、今まではお姫様だったかもしれないけどね、王子様と結婚するのはあたしよ」

城にいる時は、侍女はお妃に忠実に仕えていた。どんな仕事でもテキパキとこなすので、お妃も目をかけていた。だからこそ、お妃は娘の付き添いに彼女を選んだのだった。

しかし、侍女は、お妃を尊敬していたが、口の重い、何を考えているのかはっきりしない姫を見ていると、どうにもイライラして仕方がなかった。何をするにものんびりしている。侍女の目には、それが優雅にも上品にも見えなかった。ただのグズで、要領が悪いとしか思えなかった。

（あたしのほうが、よっぽど一国を治めるお姫様に向いてるよ）

着替えがすんだ侍女は、

「このことは、人と名のつくものには、毛ほども話しませんって誓いなさいよ」

と姫に迫った。拒めば息の根を止められるかもしれない。姫は仕方なく青空の下で誓いを立てた。傍《かたわ》らにいるファラダが、息を詰めて二人の光景を見ていた。

◆門に置かれたしゃべる首

侍女がファラダに乗り、姫が駄馬に乗り、ようやく二人は王子の城に着いた。二人の姿を認めた城側から、突然、高らかなラッパの音が鳴り響いた。城の騎兵隊や楽団が二人の到着を待ちかねていたのだ。二人はあっという間に歓迎の渦《うず》に巻き込まれた。

見るからに壮麗な城は、今まで姫が見たこともないような装飾品で輝いていた。耳をつんざくような力強い音楽は、昔、旅芸人が奏でていた音楽を思わせた。
踊り子たちが手にした色とりどりのリボンが空中を舞い、城内は一気にお祭り騒ぎとなった。

と、出迎えの群衆をかき分けかき分けして、王子が小走りにやってきた。聡明そうな面立ちの王子は、美しい衣装に身を包んだ侍女に挨拶をすると、まるでガラス細工にでも触れるような優しさで、そっとファラダから彼女を降ろした。王子は侍女を花嫁と思い込んでいた。

さすがに初めは少し戸惑いの表情を見せた侍女だった。が、それはかえってまわりの者に花嫁の羞恥心《しゅうちしん》のようなものを感じさせた。

王子は、偽《にせ》の花嫁の手を取ると、さっそく城の中を案内しようと階段を上っていく。楽団がそれに続き、人々が移動していく。

階段の下にポツンと一人取り残された姫は、これからどうしたらいいのかわからなくて途方に暮れた。

幸いに、王子の父（国王）がこの光景を窓から眺めていた。一人の少女が身の置き所に困ったように佇《たたず》んでいる。いかにもなよやかな美少女なのが、遠目に見てもよくわかった。

国王は王子の部屋に行き、上機嫌の花嫁に聞いた。

「姫、あなたと一緒に来たあの娘は、どういう者なのか。階段の下でぼんやりしているようだが」

浮かれて姫のことを忘れていた侍女は、あわてて答えた。

「あれは道中、私の相手をするために召し連れて参りました者ですわ。仕事があれば、なんなりと申しつけてくださいませ」

適当な仕事が思い浮かばず、とりあえず、国王はガチョウ番をしているキュルト小僧の手伝いをするよう姫に命じた。

嫁入りに来たはずの姫は、卑《いや》しいガチョウの番をしなければならなくなった。

時々、中庭の噴水のそばで王子と侍女が仲睦まじく語り合っているのを見かけると、姫は自分が情けなくて、胸が張り裂けそうになった。

（なんであんな誓いをしたのかしら。こんな目に遭っても、誰にも言えないなんて……）

しかし、理不尽とはいえ、青空の下で誓ったことなので、姫は誰にも自分と侍女のことを語ることができなかった。

城に来てしばらく経ったある日、花嫁が王子に言った。

「お願いがありますの」

「なぁに？　言ってごらん」

「皮剝《かわはぎ》職人を呼んで、私がお嫁入りした時に乗っていた馬の首をちょん切ってほしいんです。ここに来る途中、あの馬ったら、そりゃあ癪《しゃく》にさわることばかりだったのよ」

そうは言ったものの、正直、侍女は怖かった。今のところだんまりを決め込んでいるファラダだが、いつ自分と姫のことを言いふらすかわかったものではないと、心中穏やかではなかった。

すぐにファラダの首は切り落とされた。

それを知った姫は悲嘆にくれ、とうとう思い切って、皮剝《かわはぎ》職人に頼んだのだった。

「お願いします。あの馬の首を、トンネルアーチの門の内壁に打ちつけていただきたいのです。そうしてくだされば、多少のお礼を致しますから」

その門は街なかにあり、昼でも中が真っ暗だった。彼女は、朝と夕、必ずガチョウを追ってその門を通る。首だけとはいっても、日に二度、ファラダに会える。

しっかり打ちつけられたファラダの首に、姫は通るたびに声をかけた。

「ファラダや。おまえはそこにいるの？」

首だけのファラダが答える。

「姫様、そこにお通りですね。もし、これがあなたの母上に知れたなら、胸が張り裂けてしまうでしょう」

故郷の母君は、私の幸せだけをひたすら祈っているに違いない。なのに、なぜ自分はガチョウ番なんかしているのだろう……。

そう思うと胸が張り裂けんばかりなのは、姫も同じだった。しかし、青空の下で誓っていたので、秘密をしゃべるわけにはいかなかった。

ファラダと交わす言葉は、毎日それきりだ。

そして、姫は、キュルト小僧と街の外に出て、一緒にガチョウを野原に追い立てる。

その日、野原に出た姫は、草の上に座り、束《たば》ねていた髪をフワリとほどいた。彼女の髪はプラチナのような銀色をしている。風が草原を吹き抜けるたび、銀の髪はまぶしいくらいに輝いた。

それを見たキュルト小僧は、昼間に星が瞬くようなのがうれしくて、姫の髪を一本でもいいから手に入れようと近づいてきた。

その時、姫は歌うように言った。

「吹け、吹け、風よ
キュルト小僧の帽子を吹き飛ばせ
そして帽子を追いかけさせて
私が髪を編み終えて
結んで頭に結い上げるまで」

すると一陣の風が巻き起こり、キュルト小僧の帽子をピューッと吹き飛ばした。小僧は帽子を追わねばならず、戻ってきた時には、銀の髪はきれいに結い直されていた。一本も銀の髪に乱れがない。キュルト小僧はヘソを曲げてしまい、地団駄を踏むうちに夕暮れとなった。

そんなことが何日か続いたある日、ついにキュルト小僧が国王に申し出た。

「あの娘とガチョウ番をするのはもうごめんです」

「なぜだ？」

「なぜって……」

キュルト小僧は、街なかの暗い門を通るたびに壁に打ちつけた馬の首が娘と言葉を交わすので気味が悪いこと、野原に出ると帽子を飛ばされて癪にさわることなどを訴えた。

死んだ馬の首がしゃべる。しかも、人間の言葉を。国王には信じられなかった。

◇獣のように喚《わめ》く侍女

次の日、国王は暗い門の裏に身を寄せた。そして、娘と馬の会話を聞き、草原でキュルト小僧の帽子が飛ばされるのを自分の目で見て確かめたのだった。

ファラダの「姫様」という言葉が暗い門に低く反響した時、国王は「これはわけありだな」と考えた。

夕方、国王はガチョウ番から戻ってきた娘を呼び、おまえがしていることは何事か、と尋ねた。

娘は、初めはうつむいて口をつぐんでいたが、あまりに国王が責めるので、ポツリと言った。

「王様、それだけは申し上げられません。だって、青空の下で誓ったんですもの。そうしなければ、私、命を落としていたんですもの」

国王が何度説得しても、娘はいっこうに話を打ち明けない。ほとほと困り果てた国王は、

「そんなにわしに話すのがいやなら、そこにある鉄のストーブにでも話すがよい！」

そう言いおいて部屋を出ていった。

残された姫は、言われた通り、火の気の落ちたストーブの中に入り込んだ。狭くて暗いストーブの中にいると、日ごろ抑えていたものが一気に込み上げてきた。姫は、ワッと体を投げ出して泣き始めると、洗いざらいをぶちまけた。

「今でこそ天にも地にも見放された私だけど、これでも王家の姫なんだわ。人前ではいいように振る舞っているけれど、あの侍女に身ぐるみ剝《は》がれて、あの人は花嫁、私はガチョウ番。こんな端女《はしため》のようなお勤めをしていることがお母様に知れて、もしお母様の心の臓が破裂してしまったら、ああ、私、いったいどうしたらいいの！」

部屋の外に突き出ているストーブの煙出し口に耳を当てて、国王は娘の嘆《なげ》きの一部始終を聞いていた。そしてころあいを見計らって部屋に戻り、娘にストーブから出る

よう声をかけた。国王は、今、彼女こそが自分の息子の嫁であり、自分の娘になる者なのだと悟った。

国王に優しく手引きされた姫は、別室で湯浴《ゆあ》みをさせられ、まず金糸銀糸で刺繍《ししゅう》をほどこした純白のドレスを着せられた。プラチナの髪は軽やかに結い上げられ、真珠のティアラで留められた。バラ色に上気した頰に紅をさした唇――これが先ほどまで粗末な服をまとい、ガチョウを追っていた娘とは想像もつかないような、優美な姫君が現れた。

内気な姫は、少しはにかんだような微笑《ほほえ》みを浮かべた。その奥ゆかしい風情に、事情を聞いて駆けつけてきた王子は言葉を失った。

国王と王子の提案で、大広間で盛大な宴《うたげ》が催されることになった。城じゅうの者が集まり、王家の友人、知人ももれなく招待された。もちろん、例の侍女も美しく着飾り、王子の隣の席で微笑んでいる。そして、反対側の王子の隣には、ガチョウ番をしていた娘が静かに座っていた。

侍女は王子の反対側に座っている者が誰だかわからない。純白のドレスが燭台《しょくだい》の灯《あか》りに反射して、まぶしくて顔が見えないのだ。

宴が始まった。客がいい気分になったあたりを見計らって、国王が王子の花嫁を装っている侍女に言った。

「姫や、こんな話があるんだがね」

国王は力ずくで身分を取り替え、高貴な姫にガチョウ番をさせた性悪《しょうわる》侍女の話を聞かせた。それは、侍女が姫にした仕打ちをそのまま語ったものだった。そして、

「こんな人間は、どう処分するのがよかろうね」

と侍女に聞いた。

ええ、ええ、と聞いていた侍女は、得意げに答えた。まるで、そんな女がいるなんて信じられないとでも言うように。

「王様、そんな女は着物をみんな剝ぎ取って真っ裸にして、内側にとがった釘の打ちつけてある樽《たる》に放り込むのがいいですわ。それを二頭の白馬に引かせて、死ぬまで通りを引きずり回せばいいでしょう！」

すると、間髪を入れず国王が言った。

「それはおまえだっ！　自分で罰を見つけたのじゃ。その通りにしてつかわそう！」

侍女は一瞬にして事態を悟った。そして、真っ青になって立ち上がった。

「ファラダは死んだはず！　あいつがしゃべったんだねっ！」

侍女は、恐ろしい形相で叫ぶと、大広間に血走った目を走らせた。

侍女の剣幕に驚いた王子が、姫を背後に庇《かば》おうとした。そのため、侍女は王子の反対側に座っている純白の娘が姫だと悟ったのだろう、王子を押しのけ、姫につかみかかろうとした。瞬間、侍女は兵隊のがっちりした腕に押さえられた。

獣《けもの》のような声で喚《わめ》き、手足を突っ張らせて暴れ回った侍女は、ついに樽の中に入れられた。

ヒューッと鞭が空を切り、ピシリとその先が白馬に当たる。嘶《いなな》きとともに白馬が走り出した。

ガラン、ガラン。

石畳の道を樽が転がる。中からは侍女の断末魔が聞こえてくる。樽は石畳にはじけて小刻みに跳ね、突然、大きくジャンプして、面白いように飛び跳ねる。樽は、ガランガランという音だけを響かせ、通りという通りを駆けめぐった。

姫と王子は結婚し、何不自由のない暮らしが始まった。王子はとても優しかった。

ただ、間違いとはいえ、一度は侍女を妻と思った王子を姫は最初は憎んでいた。

しかし、今はもう姫は昔の姫ではなかった。誤って侍女に走り寄った王子のことも、そんなに花嫁の到着を心待ちにしていたのかと思えば、あの時の無邪気な笑顔が愛おしくも思える。

ストーブにすべてを語り、やっと真実が白日のもとにさらされた時、姫は悟ったのだ。白い小布やファラダが「母上が悲しむ」と言っていたのは、姫への同情ではなく、「そんな人の言うなりの姿を母上がご覧になったら、母上は情けなくて胸が張り裂けてしまうだろう」という叱咤《しった》の言葉だったのだ、と。

侍女に酷い仕打ちを受けた時、毅然《きぜん》とした態度をとるべきだった。そうすれば、小布をなくしてしまうことも、ファラダが首を落とされることもなかったのだ。すべては、内気で受け身のままだった自分の招いたこと……。

今では「妻を間違える王子様なんて、世界中であなたくらいなものですわ」と憎まれ口をたたくほどの睦《むつ》まじさを見せていた。

(お母様、私、一人で立派にやっていける。お母様みたいに……もし、将来、このあわてん坊の王子様が死んでしまったとしてもね)

クスリと悪戯《いたずら》っぽく笑って、姫は隣に座っている王子を見た。二人は馬車に乗り、隣国で催されるパーティーへ向かう途中だった。

「何？　なんだか、うれしそうだね」

振り向いた王子に「ええ」とだけ答えて、姫は誇らしい気持ちで外を見た。

（お妃になるのは侍女じゃない。私ですもの）

姫は時々思い出す。面白いように飛び跳ねた樽の音を。

あの音は愉快だったわ！　あの音は痛快だったわ！……。

■初版『グリム童話』の読み方――ガチョウ番の娘■

〝血〟と〝数字の3〟の霊力に、娘の無事な人生を託して……

白い布にたらした母の血は、姫にとって護符のような役割を果たすはずでした。血が霊力を持つという信仰は、バビロニアやアッシリアといった太古の昔から脈々と伝わってきています。血は「生命の川」ともいわれ、魂とすら同一視されました。

つまり、母の血を姫が持っている限り、母は姫を見守り続けることができたのです。

また、「3」という数にも意味があります。バビロニアでは「誕生、生命、死」の象徴であり、ユダヤ教では「3」という数字自体が、完全無碍《かんぜんむげ》と久遠《くおん》の叡《えい》智《ち》を表すとされました。こうした信仰から、「3」という数は神聖な数とされ、呪術《じゅじゅつ》などでも霊験《れいげん》あらたかな数として重視されたのです。

つまり、お妃である母は、三滴の血に強い霊力を願いながら、娘に護符を渡したのです。しかし、その護符が流れた時、母のまじないは解け、娘は侍女に立場を奪われる危機に遭遇したのです。

『ガチョウ番の娘』の話は、一人の娘が、成長するために自力で人生を切り開いていく試練話といえます。小布はもちろん、お妃が持たせた輿入《こしい》れ道具も、結局は、人生においてはなんの役にも立たなかったのです。

　姫は立場を奪われ、ガチョウ番に追いやられます。しかし、彼女はふざけ半分のキュルト小僧から髪を守り、人には言わないという青空の誓いも守り（ストーブは人ではない）、高潔な尊厳を守り続けた結果、国王に真実の姿を見出されます。

　三滴の血によって守られていた少女が、自分で判断し、自分で歩き出すのです。

「わしに言えないなら、鉄のストーブにでも話すがよい」

　国王に言われた姫は、自分と侍女の秘密を洗いざらいぶちまけます。

　ヨーロッパには、「秘密をストーブに話す」とか、「ストーブに何かを頼む」という慣用句があります。つまり、人に言えないようなことはストーブに話してしまおう、という考え方があるのです。

グリム童話には、その名も『鉄のストーブ』という童話がありますが、このストーブの中には、魔力に呪われた王子が閉じ込められています。暗く、また火の燃えさかるストーブの中は、地下の世界、地獄の象徴といわれます。

地下の世界には、閻魔《えんま》大王のような、死者を裁く公平な裁判官や地獄の王がいると信じられていました。

死者でなくとも、内緒話や自分が受けた卑劣な仕打ちをストーブに打ち明ければ、裁判官の裁き（天罰）が下るといわれます。

『ガチョウ番の娘』では、裁判官ならぬ国王が姫の訴えを聞いています。結婚当事者の王子ではなく、第三者的な国王が聞いたことによって、姫の訴えに公平な裁きが下ります。

ちなみに、侍女が入れられた樽は「有棘樽《ゆうしたる》」と言い、悪名高い拷問具「鉄の処女」と同じ仕組みになっています。樽の内側に刃物や棘《とげ》がつき、受刑者を入れて転がしたのです。すでに古代ギリシャで使われた記録があり、歴史的にはかなり古いものだといわれています。

IX

兄と妹

Brüderchen und Schwesterchen

ある貧しい家の兄と妹が、夜の闇に紛《まぎ》れて森に向かった。

二人はしっかり手をつなぎ、心もとない足どりで歩いていた。

「母さんが死んで、新しい継母《かあ》さんが来てから、いいことはなかったな」

兄の言葉に、妹は何も答えなかった。

「自分の娘ばっかり大事にしてさ、僕たちのことはぶってばかりだ。おまけに、僕たちよりも犬のほうが大切なんだから。だって、僕たちよりもずっといいものを食べさせているじゃないか」

兄妹の家は貧しく、食べるものにもこと欠く始末だった。新しく来た継母《ままはは》が、自分と実の娘の食べ物を確保するために兄妹を疎《うと》んじているのを、妹は知っていた。父がいないと、継母はよけいに暴力をふるう。しかし、父がそばにいたからといって、それを止めようとしないことも知っていた。

自分たちは邪魔なのだ。だが、妹は、こうして兄が自分を連れて家を出たのは、自分が売られそうなためだということも知っていた。それなのに、兄は決してそのことを口にしない。

「いいさ、僕たちが邪魔なら、飢え死にしてやろうよ」

深い森に分け入り、しばらく歩くうちに、二人は大きな木にうろがあるのを見つけると、その中にもぐり込んだ。

疲れきった兄と妹は、手をつないだまま眠りに落ちた。

朝になった。樹間から差し込む日の光は強烈で、二人は目を覚ました。

「喉《のど》が渇《かわ》いたな」

兄が言った。

「なんだか泉が湧《わ》き出る音が聞こえないかい？　ああ、水が飲みたい」

妹は耳をすました。だが、何も聞こえない。空耳だろうと妹は笑った。

「飢え死にするんでしょう？　それなのに喉が渇いたなんておかしいわ、兄さん」

「いいから、おいで」

兄は妹の手を引っ張って、うろから出た。

すると、その木の近くの岩場に、一カ所、水が湧《わ》き出ている場所があった。

兄は一目散にそこへ走った。

日差しは強く、温度も上がって暑い。妹も喉が渇いていた。だが、どうしても妹はその水を飲みたくなかった。

兄は舌なめずりして、日差しを受けてキラキラ輝く水に顔を近づけた。

「待って、兄さん！」

妹はそれを止めて、自分のほうに引き戻した。

「お願い、その水を飲まないで」

すがりついて説得する。

「これは魔法の水よ。継母さんは魔女なの。私たちをノロジカにするつもりなのよ。だから、その水を飲まないで！」

妹は真剣に兄に訴えた。

「バカなことを……」

兄は信じようとせず、妹の手を優しく押しやると、再び水に近づいた。

「兄さん、お願い。信じて！　その水を飲まないでちょうだい」

背中から手を回し、必死で止める妹に、兄は苦笑を漏らして振り返った。

「わかったよ。じゃあ、もっと奥に行って水を探そう。本当に喉がカラカラなんだ」

よかった、と妹は思った。継母さんは魔女なんだもの。意地悪な魔女だから、私たちを追い出したんだもの。

兄は、再び妹の手を握り、森の奥へとどんどん分け入った。

◇兄妹に生まれた禁断の……

あれから何年経っただろう。兄妹は森の中に住みついた。兄は猟師になって、近くの村で獲物を売り、妹は粗末な小屋を守った。

妹は年ごろになり、それは美しい女性に成長した。美しい妹は兄の自慢だった。時々、見せびらかしたい思いをいだき、兄は妹に村まで一緒に行こうと誘うのだが、妹はいつも首を横に振った。

妹は、兄と二人の生活に満足していたし、ほかには誰も会いたくなかった。何しろ狭い小屋であり、子どものころのまま、二人は粗末なベッドに並んで寝た。妹にとって、兄のそばは何より安心できる場所であり、兄に身をすり寄せて寝る習慣は変わらなかった。

兄は、できるだけ身を離そうとするのだが、気がつくと、妹はそばにいて、ますますくっついてくる。だから、それは当然の成り行きだった。

衝動的に兄は妹をかき抱《いだ》き、その体を組み敷いた。

妹はさすがに驚き、身をこわばらせたが、それも一瞬のことだった。大好きな兄の背中に腕を回し、脚を開いて兄を迎え入れた。

翌朝、目が覚めた兄は、憔悴《しょうすい》しきったような暗い顔をしていた。昨夜の自分の行動を思い出し、深刻に悩んでいた。

「俺はなんということを……」

床に座り込んで頭を抱え、転げ回るかのように苦しんでいた兄が、フラリと立ち上がった。

「兄さん……」

ベッドで呆然と兄を見ていた妹が呼びかけた。

「こんな俺は、森の獣にでも食べられてしまえばいいんだ……」

小屋を出て行こうとする兄に、あわてて妹がすがりついた。それを振り払おうとする兄に、妹は必死で言った。

「忘れたの？　兄さんはあの時、水を飲んでしまったのよ。ノロジカになったの。継母さんの魔法にかかって……ノロジカに」

次の瞬間、そこに兄の姿はなく、妹の腕の中にノロジカが一頭いるだけだった。

幸せだったのに……。妹は泣いた。兄と二人で幸せに暮らしていたのに……。

誰にも見つからないように、妹はノロジカを連れて、もっと深い森の奥に入って行った。

毎日、妹は、ノロジカのために餌《えさ》を集め、夜になると雨があたらない場所を探して、柔らかな毛並みに頭を置いて一緒に寝た。

柔らかな毛を撫《な》でてやると、ノロジカは鼻面《はなづら》をすり寄せてくる。そういう兄との生活も楽しかったが、妹は、やはり人間の兄が恋しかった。だが、兄の不注意とはいえ、継母の魔法でノロジカにされてしまった。妹は悲しかった。それを思うと涙が出た。

そんなある日、馬に乗った人間が森に現れた。身なりが立派なところを見ると、身分の高い人らしい。妹は、男が誰だかわからなかったが、その姿が狩り装束《しょうぞく》であることだけは見てとった。

妹は、ギュッとノロジカに腕を回して、身を固くした。

「そなたは……」

突然現れた男は、狩りに来て道に迷ったこの国の王だった。国王はそこにいる年若い女性の美しさに見とれた。この森は獰猛《どうもう》な獣《けもの》が多いと噂される森だった。そこに、これほどの美女が一人でいるのは不思議だった。

国王は馬から降り、妹に近づいた。

「そなたは、この森に住んでいるのか?」

妹は、一瞬迷ったものの、ゆっくりうなずいた。

「余はこの国の王だが、道に迷ってしまった。そなたに案内を頼みたい」

「国王様……」

妹はつぶやいた。そして、国王が自分に興味を持っていることをはっきりと意識した。

「では、私と、このノロジカを一緒にお城に連れて行ってください」

国王はもちろんそうするつもりだった。妹をうしろに乗せ、ノロジカを縄でつなぐと、国王は妹の案内するほうに馬を進めた。

城に着くと、妹には立派な部屋が与えられた。妹のたっての頼みにより、ノロジカも一緒だった。

誰もが国王の連れてきた若い女性の美しさに目を見張った。彼女には、国王からたくさんの侍女が与えられた。重い病の床にある王妃に遠慮して、誰もそうとは口にしなかったが、この女性が国王の愛人であることは疑いようがなかった。

事実、城に行ったその夜から、妹は国王の部屋で過ごすようになった。

国王の部屋で過ごすほかは、妹はノロジカのそばを離れなかった。誰にもノロジカの世話をさせずに、食事から何から全部自分で面倒を見た。

ある日、病床に臥《ふ》せっていた王妃がとうとう亡くなった。国王は二番目の王妃として、妹を迎えた。

新しい王妃は、無欲でおとなしい女性だったので、国王はますます彼女を愛した。どこか憂いを帯びた美貌は日々艶《つや》を増し、結婚した翌年には、母親によく似た男の子を産んだ。国王にとっても初めての、しかも王子の誕生に、国中が沸《わ》き立った。

王妃は、王子を胸に抱き、ノロジカのもとに連れて行った。

「兄さん……この子はあなたにそっくりよ」

うっとり赤ん坊の顔を見下ろし、王妃は微笑《ほほえ》んだ。だが、さっと顔を曇《くも》らせると、こう言った。

「でも、継母さんがこの幸せを聞きつけて何かしてこないかしら。心配だわ」

継母は、自分が追い出した娘が、国王と結婚したという話を、とうに耳にしていた。

「ああ、なんてこった……」

美貌を予感させる顔形の美しい娘だったが、まさか王妃になるとは思わなかった。売り飛ばしてしまおうと思っていた矢先に、兄と一緒に森に逃げ込んだので、獣の餌《え》食《じき》になれば面倒がないと思っていた。こうなることを知っていたら、無理にでも連れ戻したのに、と継母は歯ぎしりした。

そして、継母は実の娘を振り返った。

出て行った妹と同じ歳の娘は、どこかその妹と似た顔だちだった。きれいな絹のドレスを着せれば、きっとどちらがどちらかわからないと、継母は思った。

「そうだ。お城に行くんだ」

継母は実の娘を連れて城へ向かった。

◘真と偽の混じった二人の王妃

国王が狩りに出かけたある日、王妃は急に熱を出し、自分の部屋で臥せっていた。

夕方、狩りから帰ってきた国王は、王妃の部屋に入ろうとして侍女に止められた。

「王妃様は具合が悪いので、今日は国王様に来ていただかないほうがいいとおっしゃってておられます」

その夜のことだった。乳母《うば》が王子の様子を見ようと部屋に入った。王妃がベッドにいるのは、手にしている蠟燭《ろうそく》の灯でわかっていた。ところが、そこに誰かが入ってくる。その正体に気づくと、乳母は自分の口元を片手で覆《おお》った。

(王妃様!)

乳母は再びベッドに目をやった。やはり、そこにも人影がある。だが、今、部屋に入ってきたのは、確かに王妃だ。

入ってきた王妃は、ゆりかごのそばに行き、王子を抱き上げ、胸に抱き、近くの椅子に腰を下ろした。そうして、胸の前を開いて王子に乳首を含ませる。

(王妃様だ!　やっぱり王妃様!)

乳母が声も出せずに見守っている間に、王妃はお腹いっぱい乳を飲んだ王子をゆりかごに戻した。そして今度は、部屋の隅で眠っているノロジカの背中を撫でた。

それが終わると、王妃は立ち上がり、そっと部屋を出て行った。

乳母はあわてて王妃のあとを追ったが、暗く長い廊下にはすでに人影はなかった。

乳母は、部屋に戻り、ベッドで寝ている者の顔を確かめようと、燭台《しょくだい》を近づけた。

だが、やはりそこに寝ているのは王妃に間違いなかった。

わけがわからず、乳母は頭を振り振り部屋を出て行った。

そうして数日間というもの、乳母は、王妃が確かに部屋に入ってきて、王子に乳をやり、ノロジカを撫でて帰っていくのを見ていた。

その間、もう一人の王妃はというと、体調が悪いということで、ベッドに臥せったままだった。

「王妃様」

乳母は王妃に声をかけた。すると、王妃は、背は起こしたが、顔をうつむけて、上げようとはしない。

昼間も誰にも会おうとはせず、ひたすら部屋にこもっている。王妃を心から愛している国王は、具合の悪そうな妻を起こそうとはせず、そっとしておくように皆に命じていた。

あれほどノロジカや王子のことを愛していた王妃が、一日中、何もせずに臥せっていることに、乳母は疑いを持った。

そんなある日、いつものように、王妃が真夜中に部屋へやってきた。

そして、乳母は王妃の声を聞いた。

「私の坊やは何をしているのかしら。私のシカは何をしているのかしら。私はあと二回しか来ることができない……」

そう言って、王妃は王子に乳をやり、ノロジカを愛しげに撫でると、そっと帰っていった。

乳母は、王妃の姿が消えると、あわてて国王のもとに行き、これまでの事情を話した。

国王は急いでベッドを抜け出ると王妃の部屋へ行き、乳母が持つ燭台を、そこに眠る王妃に近づけさせた。

「おお……」

国王は安堵《あんど》のため息をついた。

ベッドで眠っているのは、確かに王妃だった。

「そなた、夢でも見ていたのであろう」

自分の乳母でもあった老女に、国王は優しく言った。

「いいえいいえ。この目で確かに王妃様が来られるのを見たのです」

乳母が言い張るので、その夜、国王も寝ずにいて、乳母とともに王妃の部屋で、もう一人の王妃を待つことになった。

果たして、乳母が言ったように、王妃がやってきた。

「私の坊やは何をしているのかしら。私のシカは何をしているのかしら。私はあと一回しか来ることができない……」

王妃は言い、国王の前を素通りし、王子を胸に抱いて乳首を含ませると、そのあと、ノロジカを撫でてドアを出て行った。

国王は、あまりのことに口もきけなかった。動くことすらできなかった。王妃は、王妃であって、王妃でなかった。血色の失《う》せた、透き通るような薄い肌は気味が悪かった。

王妃が出て行ってしばらくして正気に返った国王は、あわててドアを開けてあとを追おうとしたが、暗く長い廊下に人影は見えなかった。

国王は部屋の中にとって返し、眠っている王妃の枕元に立った。乳母が燭台をかざしている。

王妃はまばたき一つしない。蠟燭の灯で、長い睫毛《まつげ》が青白い頰に影を落としている。

「王妃よ、王妃」

国王は、王妃を揺り起こそうとした。

だが、王妃は目を覚まさない。

国王は、もっと強く王妃を揺さぶった。

やはり、王妃は目を覚まさない。

「いったい、これは……」

王妃に何があったというのだろうか。

朝を待つことになった。ようやく夜が明け始めると、いても立ってもいられなかった国王は、王妃のもとへ赴《おもむ》いた。

しかし、ベッドで眠っている王妃に、目を覚ます様子はなかった。

国王はさっそく侍医を呼んで、王妃の容体を確かめさせた。

「王妃様は眠っていらっしゃいます。ただ、眠っていらっしゃるだけです」

侍医は言った。

王妃が眠っていることと、夜中に王妃が現れることは何か関係があるかもしれないと、国王は夜を待つことにした。

その夜――。

王妃がやってきた。

「私の坊やは何をしているのかしら。私のシカは何をしているのかしら。私はもう来ることができない……」

国王は王妃の前に飛び出し、その体を思いきり抱きしめた。

すると、王妃にスーッと血の色が戻り、何度もまばたきをした。目が覚めたように、王妃は国王を見つめた。

「王妃！」

「国王様！」

王妃は夫にすがりついた。

「お継母《かあ》さんが私に魔法をかけて……」

「魔法？」

王妃は国王の胸から顔を上げた。

「お継母さんが、私の幸せを妬《ねた》んで魔法をかけたのです。継母さんは私たちが邪魔だったから……兄をノロジカに変えたのもお継母さんです」

国王は驚いてノロジカを振り返り、次いでベッドのほうを見た。上掛《うわが》けが人の形にふくらんでいる。

王妃が眠っているわけがない。王妃は腕の中にいるのだから。では、誰が……。

「国王様！」

燭台の灯をベッドに近づけていた乳母が大声で呼んだ。

国王と王妃がベッドの中を覗き込むと、そこにいるのは、王妃によく似た別人だった。

「起こすんだ！」

怒りをあらわにした国王に命じられた乳母は、あわてて女の肩を乱暴に揺すった。

女は何事かと目を覚まし、王妃を見て悲鳴をあげた。

「なんであんたが生きてるの！」

「そなたは何者だ！」

国王の恫喝《どうかつ》にいったんはすくみ上がったが、すぐに女は王妃のほうを指さして言いつのった。

「国王様、その女は魔女です。その女は私に魔法をかけてここで眠らせていたんです」

その時、部屋に一人の女が入ってきた。

女は継母だった。

「おまえ……生きていたのか……」

継母は、初めこそ口ごもっていたが、たちまち我に返ったかのように王妃を指さすと、声を荒らげ、

「こいつは魔女なんだよ！」

と憎々しげに叫んだ。そして国王に向かって、

「この女は魔女です。私の娘を魔法でここに連れてきて……」

継母が言い終えないうちに、国王は、

「魔女はそなたたちのほうだ！」

そう叫ぶと、衛兵を呼んだ。

「待ってください！　国王様、私たちの話を聞いてください！」

継母と娘はわめきながら衛兵に連れて行かれた。

「そなたが無事でよかった」

国王は、愛しい王妃を、もう離すまいとするかのように強く抱きしめた。

◇甦る愛しい兄の肉体

「やめておくれ！　やめておくれ！　本当にあたしは魔女なんかじゃないんだ！」

積み上げられた薪《まき》の上に、縛られた継母は座らされていた。

国王が狩りで城を留守にしたその日、王妃は具合が悪くなり、ベッドに寝ていた。企《たく》みを持って城にやってきた継母と娘は、王妃に簡単に面会することができた。継母と娘は、ここぞとばかりに、ベッドに臥せる王妃の胸にナイフを突き立てた。手ごたえは十分にあった。ところが、その瞬間、王妃と娘の姿が消えてしまったのだった。継母は怖くなって部屋を飛び出し、城を逃げ出したものの、消えた二人が気になって仕方なかった。

そして、城の下働きの女たちの中にもぐり込んだ継母は、王妃が病気で臥せっているという噂を聞き、再び王妃の部屋に忍び込んだところを見つかってしまったのだ。

やがて、薪に火がつけられた。しばらくすると、勢いよくパチパチと燃え出す。

「魔女は王妃だ！　私じゃない！」

薪の中央に座らされた継母の服に、ボゥッと火が移った。あっというまにその火は継母を包み込んでしまった。

「ギャー！」

部屋の窓から顔を出し、その断末魔を聞いた王妃は、そっとノロジカのそばに寄った。そして、その長い首に手を回し、耳元に唇を寄せて囁いた。

「兄さん……今、魔女は死んだわ」

優しく柔らかな毛を撫でながら、

「呪いは消えたのよ……」

その言葉を言い終えるやいなや、妹の前には、人間に戻った兄が座っていた。

「……！　俺は、いったい……」

王妃は兄に抱きついた。

「兄さん、魔法が解けたのよ！　もう大丈夫よ」

兄は、不思議そうに自分の体を撫で回し、人間に戻れた歓《よろこ》びを噛《か》みしめていた。

兄は、ノロジカになっていた間のことを、うっすらと覚えていた。

「おまえは結婚したんだね……」

「ええ、王子がいるのよ！」

妹は、ゆりかごから赤ん坊を抱き上げ、兄に抱かせた。

「……！　よかったね……」

兄は、自分に似ている王子の顔に、一瞬だが、戸惑いの色を見せた。しかし、すぐに心から妹を祝福する微笑みに変わった。

「ええ」

兄と妹は、顔を見合わせてうなずき、未来の国王の寝顔に見入った。

継母の実の娘は、獣のうろつく深い森へ追放された。その死骸は見つからなかったが、食い殺されたのに違いなかった。

その後、狩り好きの国王は、獣に襲われて命を落としてしまう。若い王妃の悲しみは深く、人々は涙をそそられたが、王子の存在と、何より兄の慰《なぐさ》めで王妃は立ち直ったという噂だった。

■初版『グリム童話』の読み方——兄と妹■

横行した「魔女狩り」の真実

十四世紀から十八世紀にかけて、ヨーロッパでは魔女狩りが横行しました。『ヘンゼルとグレーテル』に見られるように、昔の森は人々にとって恐ろしい場所でした。昼なお薄暗い森には、盗賊や狼《おおかみ》、そして魔女が住んでいると思われていました。そのため、森への子捨ては、子殺しに匹敵するものだったのです。

十五世紀のドイツのシュヴァーベン地方で、村はずれに住む寡婦《かふ》が魔女の疑いで告発されました。彼女は夫と子どもを戦争で失い、家で飼っていた牛や鶏《にわとり》、黒猫を話し相手に、時々森を散策する暮らしをしていたのです。

彼女を魔女だと告発したのは三人の村人でした。一人は、彼女が魔術で牛の乳を盗んだと言い、もう一人の男は、自分の妻が流産したのは彼女が魔術をかけたからだと言い、三人目の女性告発者は、その寡婦が夜宴《サバト》に参加しているのを見たと証言しました。

最初の二人の言うことは証明することができませんが、最後の女性の告発は明らかに虚言でした。

それでも彼女は火刑になってしまいますが、彼女は仕返しに、告発者の最後の女性も自分の仲間だと言い放ちます。すると、村人の多くもそうだと証言したのでした。

以上のように、魔女となってしまう危険性は、告発する側とされる側、両方にありました。それに、魔女は醜い老婆だけではなく、グリム童話でも、『白雪姫』のお妃《きさき》のように、美貌の女性として描かれることもあります。

さて、この『兄と妹』は、『ヘンゼルとグレーテル』が森でそのまま成長した時の話にたとえられています。

兄と妹が互いを支えにして成長した時、必ずそこに近親相姦的な思いが生じるといいます。それを打破するために現れるのが、妹を愛してくれる国王です。それ以降、二人は間違いを犯さずにすみ、妹の兄への献身によって、共に幸せに暮らすことになるのです。ただ、そこに国王の名前がないことに深い意味が隠されているような気がします。本当に、国王は妹の心をつかまえることができたのでしょうか。もしも国王の登場が間に合わず、またもや二人が結ばれていたとしたら……。

グリム兄弟は、初版において、残酷で暴力的な表現は採用しても、性をほのめかすような表現を許さなかったともいわれます。

物語の最後に、わざわざ兄妹は幸せに暮らしたと書かれていることには、そのへんの謎が隠されているのかもしれません。

主な参考文献は次の通りです

『初版グリム童話集』吉原高志・吉原素子（白水社）
『グリム〈初版〉を読む』吉原高志・吉原素子（白水社）
『グリムのメルヒェン　その夢と現実』野口芳子（勁草書房）
『グリム兄弟　魔法の森から現代の世界へ』ジャック＝ザイプス著／鈴木晶訳（筑摩書房）
『グリム兄弟』高橋健二（新潮文庫）
『グリム童話　メルヘンの深層』鈴木晶（講談社現代新書）
『グリム童話』野村泫（ちくま学芸文庫）
『グリム童話研究』日本児童文学学会編（大日本図書）
『グリム童話　冥府への旅』高橋吉文（白水社）
『グリムの笑い話　大人のメルヘン』相澤博（NTT出版）
『グリム童話　その隠されたメッセージ』
マリア＝タタール著／鈴木晶・高野真知子・山根玲子・吉岡知恵子訳（新曜社）
『謎とき「ヘンゼルとグレーテル」　グリム童話の深層と再構築』清水正（D文学研究会）
『グリム童話の仕掛け』関楠生（鳥影社）
『「一つよけいなおとぎ話　グリム神話の解体』

ジョン＝M＝エリス著／池田香代子・薩摩竜郎訳（新曜社）
『童話と心の深層』森省二・橋本和明・森恭子（創元社）
『メルヘン論』ルドルフ＝シュタイナー著／高橋弘子訳（白馬書房）
『昔話の魔力』ブルーノ＝ベッテルハイム著／波多野完治・乾郁美子訳（評論社）
『昔話の深層　ユング心理学とグリム童話』河合隼雄（講談社＋α文庫）
『首をはねろ！　メルヘンの中の暴力』
カール＝ハインツ＝マレ著／小川真一訳（みすず書房）
『世界の民話　解説編』小沢俊夫（ぎょうせい）
『闇の歴史』カルロ＝ギンズブルグ著／竹山博英訳（せりか書房）
『愛と性のメルヘン』ジェイムズ＝マグラザリー著／鈴木晶・佐藤知津子訳（新曜社）
『完訳グリム童話集』金田鬼一訳（岩波書店）
『大人のための残酷童話』倉橋由美子（新潮文庫）
『赤頭巾ちゃんは森を抜けて』
ジャック＝ザイプス著／廉岡糸子・横川寿美子・吉田純子訳（阿吽社）
『物語の織物　ペローを読む』水野尚（彩流社）
『長靴をはいた猫』シャルル＝ペロー著／澁澤龍彦訳（河出文庫）
『カニバリズム論』中野美代子（福武文庫）

『恐怖の博物誌　人間を駆り立てるマイナスの想像力』
イーフー＝トゥアン著／金利光訳（工作舎）
『図説　拷問全書』秋山裕美（原書房）
『魔女と魔術の事典』ローズマリ＝エレン＝グィリー著／荒木正純・松田英監訳／小倉美加・小沢博・桑野佳明・田口孝夫・竹中隆一・村里好俊訳（原書房）
『動物シンボル事典』ジャン＝ポール＝クレベール著／竹内信夫・柳谷巖・西村哲一・瀬戸直彦・アラン＝ロシャ訳（大修館書店）
『メルヘンの深層　歴史が解く童話の謎』森義信（講談社現代新書）
『シンデレラ　9世紀の中国から現代のディズニーまで』
アラン＝ダンダス編／池上嘉彦・山崎和恕・三宮郁子訳（紀伊国屋書店）
『魔女とヨーロッパ』高橋義人（岩波書店）
『グリム童話の悪い少女と勇敢な少年』ルース＝ボティックハイマー著／鈴木晶・田中京子・広川郁子・横山絹子訳（紀伊国屋書店）
『〈おとな〉の発見　続グリム・メルヘンの世界』
カルル＝ハインツ＝マレ著／小川真一訳（みすず書房）

構成　㈱万有社

本書は、小社より刊行した『大人もぞっとする初版「グリム童話」』を再編集したものです。

大人《おとな》もぞっとする
初版《しょはん》『グリム童話《どうわ》』

著者　由良弥生（ゆら・やよい）
発行者　押鐘太陽
発行所　株式会社三笠書房
〒102-0072 東京都千代田区飯田橋3-3-1
電話　03-5226-5734（営業部）03-5226-5731（編集部）
http://www.mikasashobo.co.jp
印刷　誠宏印刷
製本　宮田製本

 ISBN978-4-8379-6165-9 C0190

王様文庫

王様文庫

心にズドン！と響く「運命」の言葉

ひすいこたろう

本書は、あなたの人生を変える54のすごい言葉に心温まるエピソードを加えた新しい名言集。成功する人は成功する前に「成功する言葉」と、幸せになる人は幸せになる前に「幸せになる言葉」と出会っています！　1ページごとに生まれ変わる感覚を実感して下さい。

小さなことにくよくよしない88の方法

リチャード・カールソン【著】
和田秀樹【訳】

この「小さいことにくよくよするな！」シリーズは、24カ国で累計2600万部を突破した世界的ベストセラー。その中でも本書は精神科医、和田秀樹氏絶賛の〝超実用的な一冊〟！　職場でも家でもデートでも、心が乾いた時に〝即効で元気になれる〟と大評判！

眠れないほどおもしろい雑学の本

J・アカンバーク【著】
野中浩一【訳】

あくびはなぜ伝染するの？　人間はなぜ眠らなければならないの？　この素朴な質問に答えられますか？　わかっているつもりが、じつは知らないことがたくさん。まわりの身近な「不思議」な疑問に答えた、楽しくなる雑学読本。今夜、あなたはもう眠れない……。

K30212